集英社オレンジ文庫

ラスト ワン マイル

風戸野小路

Contents

ラストワンマイル

Last one mile

定年まで一年

公営団地の冷たい階段。スーツケースを抱えながら昇っていると踊り場で早春の陽（ひ）に出くわした。眼下の桜並木もあと少しすれば満開の花を咲かせるのだろう。ここから見る最後の桜だ。

それにしても重い。

このスーツケース、中に何が入っているのか。これでは重さで持ち手すら壊れかねない。送った本人でも入っているんじゃないのか？

そんなことを考えているうちに四階。あと一階だ。息も上がってくる。我ながら老いぼれたもんだ。

秋山晋（あきやますすむ）は五〇一号室のチャイムをすがる思いで鳴らした。

伝票を見れば本人が自分の家宛（あ）てに送ったスーツケース。しかも今日の午前中指定になっている。自分で指定していないわけがない。

いないわけがない。でも、……応答がない。

もう一度チャイムを鳴らしノックもしてみる。きっとベランダに出ているかトイレに行っているのだろう。待つ。待つ。待つ。

待つこと数分。何度となくチャイムとノックを繰り返す。

開いてくれ、頼む！

だが、ドアの向こうで何かが動く音はとうとうしなかった。

秋山はどうしようもない人間不信に陥りながら不在票を書きドアポストに入れた。せめて今日、再配達が入ってこないことを祈りながら。

いっそのこと玄関前に置いていこうかとも考えたが盗難やクレームになったら余計に面倒だ。無心で持ち戻りのスーツケースを抱えトラックまで戻ろうと決心する。こんな時は何も考えないのが一番だ。そうすれば重さなどあってないようなものだ。

だがすぐに雑念が芽生える。この五階と四階の間の踊り場から、桜並木の合間にその花かと見紛うような薄紅色のトラックが見える。秋山の集配車だ。そこめがけてぶん投げたら早いんじゃないか。しかし、そんな勇気も筋力も自分にはないことにすぐ気づく。

トラックに戻ると荷台を開けスーツケースをしまう。憤りに駆られている時間も感傷に浸っている余裕もない。まだまだ荷物が荷台を埋め尽くしている。一刻も早く次の配達先である東洋電子に行かなければならない。

秋山はトラックのエンジンをかけエアコンの冷房を全開にして団地を抜け出した。

時計を見ると十時五分。少し遅れ気味だ。

ほどなくして東洋電子の敷地内に入ると定位置にトラックを停めることができた。他の運送業者とバッティングすることが多いのだが、今日は秋山のトラック一台だけだった。さっきのスーツケースで不運は尽きたか。

秋山は荷台から木箱を両腕で抱えて走る。さっきのスーツケース並みに重いが、配達先は会社だけに持ち戻ることはない。自然と足取りが軽くなる。

「高井さん、今日は一個です」

秋山は木箱をコンクリートの床に音を立てて置く。伝票を渡し受領印をもらうと胸ポケットに押し込み、挨拶も早口で時計を見る。午前十時十分。

「よし」と言って、トラックへ戻ろうとした時だった。

「秋山さん、ちょっといいかな」

たった今、荷受けをしてくれた高井が秋山を呼び止めた。

秋山は眉根を寄せる。時間がない。だが高井は真一文字に口を結んでいる。何か運んできた荷物に不具合でもあったか？

「秋山さん、俺、今日で最後なんだよ」

高井は想定外のことを口にした。

「今日で最後？」

「つまりさあ、今日で定年なんだよ、俺」

　そう言われてみると高井はなぜかスーツ姿だった。スラックスの折り目も尖っている。普段、東洋電子と刺繍された上っ張りを着ている高井はそこにいない。

　虚を衝かれている秋山に高井が気づく。

「これか、一張羅だよ。今日のために作ったんだ。こんな俺にも花束くらいはくれるらしくてね。お供え用のじゃなきゃいいんだが」高井は首筋を触り俯く。どこか嬉しそうだ。

「そうなの、おめでとう！」秋山は高井の目を見て慌てて頭を下げた。

「ありがとう。でも、秋山さんだって、そろそろなんだろ、定年」

　高井の目は穏やかだ。会社勤め最後の日はこういう表情を人はするのだろうか。秋山の口元も自然とほころぶ。

「ええ、実は、今日でちょうどあと一年なんです」

「やっぱり」

「今朝もそれを考えながら通勤したぐらいですよ。まさか、ここで高井さんから定年のことを言われるとは思わなかった」

「そうか、秋山さんもあと一年か」

「ええ」

「延長はしないんだ」

高井の問いに秋山は大きく首を振った。

「無理ですよ。延長なんかしたら退職金もらう前に死んじまいますよ。辞めてもっと体に楽な仕事でも探します」

そう言いながら秋山は、四月になったばかりだというのに汗ばんでいる額(ひたい)を手の平で拭(ぬぐ)う。

「それもそうだね。最近の昭和街送(しょうわがいそう)さんは声を掛けるのも憚(はばか)られるぐらいに忙しそうだもんね」

「ええ、あと一年もつかもあやしいです」

秋山は苦笑いをする。

「おっしゃる通りで。残りの一年も大人しく無難にやりますよ」

「まあ体が資本だから無理は禁物だよ」

「そうだね」

「目立つと面倒くせえんで」秋山はしみじみと自分の言葉を噛(か)みしめる。

「俺たち歯車は上から言われたことを笑顔でハイハイと言ってやってるのが一番だよ」

「おっしゃる通りです」

その後、二人は二言三言(ふたことみこと)お互いの健闘と最後の挨拶をして握手ののち別れた。

「あと一年かあ、あそこに寄ってくか」

トラックに戻った秋山はそう呟くとエンジンをかけ発車させた。

一時間後、秋山のトラックは国道沿いのマンションの前に停まっていた。マンションのエントランスから秋山が台車を押して小走りに戻ってくる。持ち戻りの荷物を手早く荷台に押し込み台車をしまう。荷台にはまだ沢山の荷物がある。今日中に終わるのだろうか、と毎日思うが、毎日終わっていることを思うと不思議ですらある。

荷台の扉を閉め、反対車線の先にある脇道に目をやった。少し上り坂になったその道の先には小さな公園がある。近くの横断歩道の信号に目をやると青だ。

「行くか」

走って横断歩道を渡り脇道の下、歩道の切れ目の所で足を止めた。

公園側に向かい、しゃがみこんで手を合わせる。

「ここで、こうするのもあと一年か。いや。定年してもたまには来させてもらうよ」秋山は手を合わせながらそう呟いた。

秋山が数分の間そうしていると、また横断歩道が青になり、走って車に戻る。ウィンカーを出しトラックを走らせる。その時サイドミラーで何気なくさっきいた場所に目をやった。

すると、そこに男が一人立っていることに秋山は気づいた。歳(とし)は三十代、いってても四十代前半だろう。明らかにこのトラックを見ている。

何度かミラーで確認したが小さく見えなくなるまで男はそこにいて、この昭和街送のトラックを見ていた。

誰だろう？　気のせいと思い直し車の時計を見ると十一時二十分。ヤバい。午前中指定がまだまだ残っている。この分じゃ今日も昼飯ぬきかとぼやきながら、次の配達エリアにトラックを走らせた。


翌日、秋山はスーツ姿で新宿(しんじゆく)駅を出た。

駅から歩くこと数分。昭和街送本社の巨大なビルがある。

その日、昭和街送では翌年に定年を迎える社員への説明会が行われる。説明会は東日本と西日本に分けて行われ、東日本は北海道から中部地域までの社員が対象だ。

定刻より十分前に着いた秋山は会議室に通されると、その光景に目を疑った。

あろうことか、広い会議室に一人しかいないのだ。あと十分で説明会は始まる。皆どこかで時間を潰しているのだろうか。

秋山は並ぶ机の間を通り抜け前に進んだ。一人座る男を一瞥(いちべつ)して同じ列の別の席に座った。前のホワイトボードには「平成二十八年度定年対象者説明会」と書かれている。

ほどなくして「それでは時間となりましたので始めさせていただきます」と、本社総務課の横田という小柄で小太りの男が挨拶をした。結局、説明会の参加者は秋山を含めて二人より増えることはなかった。

ここまで酷いのか。

秋山は改めて突きつけられる思いだった。

昭和街送は国内の宅配便業界では圧倒的なシェアを誇っている。営業所も全国に数百あり、社員数も十万人を超える規模だ。

それにもかかわらず、翌年に定年を迎える人間が東日本に二人しかいないとはどういうことだ。

たしかに最近の昭和街送は超が三つ付くくらいブラック企業化していた。三十年以上勤務している秋山とて辞めたいと思わない日はないほどだ。離職率は公にしていないが半端な数字ではないはずだった。それは現場にいれば身をもって感じる。荷物の増加に比例して退社していった仲間も多いからだ。だが、それを踏まえても二人とは驚きだった。

しかも、もう一人来ている男にまるで生気がない。よくこんな男がこの過酷な会社を、ここまで勤め上げたものだと感心する。

まあどちらにしても、あと一年頑張ればいいことに変わりはないと思い直し、秋山は老眼鏡を背広の内ポケットから取り出すと目の前の資料を開いた。

説明会の内容は各種保険と税金、そして年金の話が主で、その手続きに関することと定年前後のタイムスケジュールのようなものだった。昭和街送の定年は満六十歳を迎えたあとの最初の三月三十一日と決められている。

一時間ほど横田が一方的に喋り、休憩となった。会議室内はまた二人だけとなる。

秋山は溜め息を一つつき背筋を伸ばすと、「お疲れ様です」ともう一人の男に話しかけてみた。

「秋山晋と申します。それにしても、二人だけとはびっくりですね」

俯き加減だった男はやっと顔を秋山に向けた。どこか疲れている。

「山崎です。埼玉から来ました。ええ、まあ、でも当然のことかもしれませんね、今の会社の環境を考えれば」

「たしかに。昔が懐かしいですよ」

「そうですね、以前はお客さんと会話する時間も十分にありましたからね」

山崎も古いドライバーなのだろう。今のように時間に追われる以前の昭和街送を知っているようだ。

「それが今じゃ、ありがとうございましたと言いながら配達先を去っているぐらいですからね。それもあと一年の辛抱ですよ」

秋山は山崎を励ますような言い方をしている自分に気づく。

「自信あるんですね。あと一年もつ」

ところが、山崎は意外そうな顔をして秋山を見つめる。

「自信？　まあ、ここまで何とかやってきましたからねえ。もう一年ぐらいは頑張りますよ」秋山は山崎を訝りながらも笑顔でそう答えた。

「私はとても無理そうです。このあと待ち受けているジジイ狩りのことを思うと……」

「ジジイ狩り？」

「知らないんですか。ジジイ狩り」

「何ですかそれ？　面倒くさそうですね」秋山は自分の頬の筋肉が強張るのを感じる。

「定年まで一年を切った社員に会社は肉体面、精神面で追い詰めて自主退職を促すんですよ」

「まさか。なんでそんなことを」

「決まってるじゃないですか、会社は退職金を満額支払いたくないからですよ」山崎はそこで初めて笑みを浮かべた。無知な秋山をあざ笑うようだ。

「嘘だ」秋山は吐き捨てるように言ったが、言葉とは裏腹に顔が引き攣る。

「じゃあ逆に伺いますけど、秋山さんの周りに、ここ数年で無事に定年を迎えられた人がいますか？」

秋山はよく考えてみたが誰一人として思い当たらなかった。それどころか、定年前に退職した者が何人か思い浮かんだ。当時、秋山は定年前に辞めていった先輩を不思議に思ったが深く考えはしなかった。

「おそらくいないはずです」山崎は言い切った。それから、周りに聞こえないように手を口元に持っていくとこう続けた。

「聞いた話だと青森のドライバーで定年まであと一カ月という方が、ここ最近での最長記録だそうです」

「その人は、あと一カ月で退職したんですか？」

「いいえ」山崎は頭を振った。

「定年でもなく、退職でもなければ一体その方はどうしたっていうんですか？」

山崎は、聞いちゃいましたね、と言いたげな笑みを浮かべると答えた。

「亡くなりました」

「……」秋山は全身から血の気が引いていくのを感じる。

「二月のある明け方、雪原にうちの桜色のトラックがポツンと停まっていたそうです。その中で配り切れない荷物とともに凍死していたのが最期だったそうです」

「どうしてそんなことに……」

「ジジイ狩りですよ」

山崎はそう語り終えると突然胸を押さえだした。呼吸が荒くなっている。見るからに苦しそうだ。まるで溺れているようである。すると鞄から薬のようなものを取り出し慌てて口に放り込んだ。

「だ、大丈夫ですか」秋山はすぐに席を立つと、山崎のもとへ行き背中を摩る。

秋山は誰か人を呼んだほうがいいかと思ったが次第に山崎の表情が落ち着いてきた。

「大丈夫です。最近、恐怖でこうなってしまうんです」山崎は荒い呼吸の合間に、途切れながらもそう告白した。

「病院へは？」

「医者に診てもらったらストレスからくる過呼吸だそうです。一刻も早くストレスの原因となっている所から離れたほうがいいとも言われました」

秋山の手に山崎の苦しそうな呼吸が伝わってくる。

秋山は次第にその山崎の背中が未来の自分の姿のように見えてくるのだった。

その後、また一時間ほど総務課の横田が一方的に話していたが、秋山の頭にはまるで入ってこなかった。

ジジイ狩り。

その言葉だけが頭の中で反芻されて仕方なかった。

定年の日まで三四三日

定年者説明会から数日後、秋山はその日も二百五十個以上の荷物を朝から晩まで走りまくって配達し営業所へと帰ってきた。

荷捌き所のシャッターはほぼ閉められ、秋山のトラックが着車する所だけ空けられていた。

テニスコートほどの広さの構内は昼間の喧騒が嘘のように深閑としている。持ち戻りの荷物がカゴ車に山積みになり、それがいくつもある。さらに明日の荷物、それ以降の荷物がこれもカゴ車に満載で所狭しと並んでいた。

秋山以外のドライバーは既に退勤しているようだった。昔は帰ってくるのが最後になるということはほとんどなかったが、年齢のせいか近頃は殿となってしまうことが多い。

夜は目が利かなくなるのだ。特に伝票の字は辞書並みに小さかったりする。さっきも五〇五号室と六〇六号室を間違えてえらく住人に怒られてしまった。

「それにしても、腹が減ったぞ」

少し眩暈を感じながら秋山は腹を押さえる。

営業所の控え室にある冷蔵庫には妻が作ってくれた弁当が手つかずのまま残っているはずだった。時刻は二十二時。また食べられなかった。明日から握り飯にしてもらおうと考えながら、大量の持ち戻りの荷物を荷台から降ろしている時だった。

「お疲れ様です。秋山さんちょっと話があるんですけど」

そう声に出しながら、上司でブロック長の都賀谷光一が苦い顔で事務所から秋山のもとへ歩み寄ってくる。

都賀谷は荷下ろしを手伝うと秋山を構内から事務所へと誘った。十五、六畳ほどの事務所内は既に人の気配がない。アイボリーで統一された机もキャビネットも灰のように生命感がない。日中は戦場のようになる事務所内、その戦火で燃え尽きたようにも見える。ドライバーたちも多忙を極めるが、事務員もまたその忙しさは尋常ではなかった。

事務員の仕事は荷物を出しに来た人、取りに来た人の接客をメインとするが、少しでももたもたしていればすぐに外まで行列になる。そんな接客の合間に、運送中に破損した荷物の代替え品手配とその顧客対応。そしてクレームが発生すればその初期対応。宛先不明の荷物があればその調査。などなど業務は多岐に渡る。それを一人ないしは二人の事務員で日々捌いている。

秋山は綺麗に片付いている事務員の机の上に、その日配達した分の伝票の束を置いた。

すると、「すみませーん」という声が机の前にあるパーテーションの陰から聞こえた。恐らく荷物を取りに来た人だろう。都賀谷が秋山を手で制すると対応してくれた。案の定、営業所留めの荷物を取りに来た人のようで、都賀谷は突っ立っている秋山の前を通り過ぎると事務所奥にある倉庫に向かう。そこには来店者用の荷物だけでなく、宛先不明の荷物、その他、梱包資材などが保管されている。都賀谷はしばらくして小箱を手に戻ってきた。パーテーションに隠れて見えないが、声とこの時刻から、客がどこの誰だかおおよそ察しがつく秋山だった。

客を帰すと、都賀谷は接客スペースの明かりを消し、自動ドアも施錠しカーテンも閉じてしまった。

「お待たせしました」

都賀谷はそう言うと少し考えてから秋山を神棚の下にある所長の席に座らせ、自身は事務員の椅子を引っ張ってきて秋山と面と向かった。

都賀谷の話は秋山の想像外のものであった。

「はあ？　なんで俺なんだよ。お前ふざけんなよ！」

秋山は上司である都賀谷に思わずそう食ってかかっていた。

「ふざけて、こんなこと言いませんよ。しょうがないじゃないですか。熊沢がまさかの逮捕なんですから。理由が理由とはいえ、暴力は暴力ですからね」都賀谷は両手をパンチパーマ頭の後ろに回すと、そのままぐしゃぐしゃと掻きだした。都賀谷の癖で、お手上げのサインだ。

「だからって俺じゃなくてもいいだろ。お前も知ってるように俺はあと一年で定年なんだぞ！　て・い・ね・ん！　そんな俺がなんで今更、所長なんて面倒くせえものやらなくちゃならないんだよ」そう言った秋山の声は半ば悲鳴に近くなっていた。

「だからお願いしてるんじゃないですか。一年だけ我慢してやってもらえれば、その間に必ず誰かしらを育てますから。ね、お願いしますよ、秋山さん。この通りです」

　都賀谷はとうとう部下である秋山に両手を合わせて懇願しだした。秋山の目の前には都賀谷のパンチパーマがある。

「そうだ、西野でいいじゃないか！　あいつ最近までリーダーやってたんだろ」と秋山は思いついたとばかりに言った。

「いいわけないじゃないですか。秋山さん休みだったから知らないでしょうけど、昨日も二件クレームですよ。二件ともお客さんを脅して泣かしちゃうんだから困ったもんですよ。それにリーダーっていったって暴走族のリーダーですからね」と都賀谷は馬鹿言わないでくださいという口ぶりだ。

「じゃあ宇佐美でいいじゃないか」秋山も負けじと次のカードを出してみた。

「正気で言ってるんですか？　二カ月に一回は事故を起こしてるんですよ、あいつ。先月の事故なんてブレーキとアクセル踏み間違えたって、高齢者がやりがちな事故ですからね」

「じゃあ福岡は？」秋山は、これはどうだとさらに次のカードを出す。

「無理でしょ。さすがに。一年前に子供が生まれたばかりですからね。職場に復帰してくれただけでも感謝ですよ。それに正社員ではないですし」

簡単に都賀谷に撃退された秋山は、自信満々で手元にあった最後のカードを出した。

「それなら、冴木は？」

「うーん、明るくて元気でいいんですけど、残念ながら所長はドライバーから出すことになっていて」

「事務員からでもいいじゃないか。しっかりしてるぞ、彼女は」

「上が認めないのは目に見えています。前例のないことや新しいことを上は嫌いますから。秋山さんだってこの会社長いんだからその辺のことは僕よりも分かってるでしょ」

そう言われると頷きこそしなかったが、何も言えない秋山だった。

「ということなんで、秋山さんお願いしますよ」

都賀谷は再び手を合わせる。

「消去法で俺ってわけか？」と秋山は呆れたように指で自分の顔を差した。

「消去法じゃないですよ。秋山さんが長いこと何もやらなかったのが不思議なくらいなんですよ。経験的にも、年齢的にも、人格的にも、僕なんかよりはるかに管理する側に適任なのに。今の所長はもっとも難しいポジションだと僕は思います。これだけ荷物が増えて労働環境が悪化してるところに変な奴が所長になったらすぐに潰れちゃいますよ。その点、秋山さんなら下からの人望も厚いから大丈夫だと思うんです」と言った都賀谷の表情は真面目そのものだ。

「うーん」と唸(うな)って、秋山も困ってしまい手を頭に当てると、ぐしゃぐしゃと頭を掻きだした。

「秋山さん、僕の真似(まね)しないでいいです」都賀谷は手を振って牽制(けんせい)する。

「うつったみたい」

秋山は深い溜め息とともに腕を組み、目を落とす。なるほど、先日まで熊沢が使っていた机は未処理の書類で埋め尽くされていた。

「秋山さん、昔、所長……、やられてたんですよね?」

都賀谷は遠慮がちにそう訊(き)いた。

秋山は一瞬固まる。

「ずいぶん昔のことだよ。それも短期間な」

秋山は早口にそう答えた。

すか」

「あくまで噂でしか聞いてないんですけど、あの国道沿いでの事故の際に所長だったんで

「そうだったかなあ」秋山は目を背ける。事務所の小窓から荷捌き所を照らしている白熱灯の明かりが見えた。

「秋山さんが頑なに上に行くのを断るのはあの事故と関係が……」

「面倒くせえな、忘れた！」秋山は視線を戻すと都賀谷の話を遮ってしまった。

「そうですか……。もしかして嫌なことを思い出させてしまったらすみません。どちらにしても、僕の中では秋山さんしかいないんですよ。明日また来ますんで、奥さんとも相談してみてくれませんか。本当に頼みます」都賀谷は頭を下げた。

秋山は何も言えなくなってしまっていた。都賀谷の心底困った表情に口を塞がれてしまう。

普通に考えれば出世なのだから悪い話ではない。所長になることは一般の運転手から比べると地位も上がるし、給与も上がる。それは昭和街送でも同じだった。にもかかわらず秋山は首を縦には振れなかった。

無事。

秋山が望むのはまさにその一言に尽きた。良いことが起こらなくてもいいから、悪いことも起こってほしくなかった。秋山の長いサラリーマン人生は最後のカーブを曲がり、も

うゴールの見える所まで来ていた。

そんな所での都賀谷からの打診である。長年の会社勤めの最後を飾るという意味では悪い話ではない。世間的に聞こえも良い。断る理由ばかりではなさそうだが事態はそんなに簡単ではなかった。

昭和街送において所長はもっとも衝撃のかかる会社の緩衝材だからだ。

衝撃は多方面から来る。会社からは数字のプレッシャー。部下からは大量の荷物に圧(お)し潰される悲鳴。そして客からはバラエティーに富んだクレーム。

それを一手に引き受けるのが所長であった。しかも、その上下左右からの衝撃は年々強くなっていた。

昭和街送は五年前に就任した現社長から、対前年比一割増の荷物をかき集めてこいと大号令が発せられた。しかも、それを現社長のもとで五年間連続で達成している。

百個あった荷物が五年後には百六十個以上になっている計算だ。

では五年前の昭和街送が業績不振かといえばそんなことはない。それ以前も莫大(ばくだい)な黒字を計上していた。

どちらにしても会社が潤えば従業員も車両も増やせるのだから悪いことではないはずだが、そう甘くはなかった。現社長の号令には続きがあり、荷物は一割増だが経費は一割減にしろというものだった。『一増一減計画』と銘(めい)打たれている。経営に携(たずさ)わる者としてはだ。

不思議なことを言ってはいないが、現場で実際に大量の荷物に携わっている者たちにとっては不可解でしかなかった。なぜなら、五年前の時点で既に荷物は飽和状態であったからだ。

　現社長就任以前から、現場は朝晩一時間ずつのサービス残業でどうにかこなしてきた。会社の指示している時間ではとても荷物を捌ききれない。そんな状態に嫌気がさして離職していく者は後を絶たなかった。

　そこに『一増一減計画』が降ってかかってきたわけだった。

　その結果、ドライバーたちは朝晩二時間ずつのサービス残業と、さらに休憩を削りその日の荷物をどうにか捌いていた。そして、一年前からは社員の採用自体を完全にストップされてしまったのだった。

　そんな現場の悲鳴はまず所長に直接押し寄せる。だが、所長に解決できるはずもない。次に顧客に対してその不満をぶちまける者まで出てくる。その火消しも所長の仕事であった。

　一方で会社はさらなる利益を上げるべく、売上ノルマ、荷扱い量のノルマ、荷物一個当たりの単価、一時間当たりの各個人の荷捌き個数など事細かに管理してきた。

　さらに、昭和街送は現社長のもと新たなサービスを開始する。

　時代は高齢化にともない買い物難民というワードが取り沙汰されるようになっていた。

そこに救いの手を差しのべたのが昭和街送であった。大手スーパーと提携しインターネットや電話で注文した生鮮品や日用雑貨を翌日に配達するというサービスを開始したのだ。

昭和街送はこれを「孫の手便」と銘打ち、テレビCMまで使って売り出したところ大反響を呼んだ。会社はその「孫の手便」のノルマも課してくるのであった。

所長は会社からのこの過度な要求と違法状態の労働環境である現場に挟まれた存在であった。

なんで今更、俺なんだよ。

そう思う秋山の脳裏に蘇ったのが、定年者説明会で山崎の言っていたジジイ狩りであった。

まさか都賀谷に限ってそんなことはしないだろう。そう考え直し、秋山は後作業を終えると一人家路へとついた。

「それで、その熊沢さんっていう人はどうして逮捕されちゃったの?」

雅子は温めた味噌汁を夫の前に運びながらそう訊いた。

秋山は風呂から上がり妻が出してくれる晩飯をつまんでいた。時刻は二十三時をまわっている。雅子は秋山の帰りがどんなに遅くても起きて待っていた。しかもまったく眠そうな顔もせずに。結婚当初は先に寝ていていいと秋山は何度か言ったりもしたが、雅子が先に寝ていることは病気で臥している時以外になかった。

雅子は夫である秋山よりも一つ上の姉さん女房であった。気性は竹を割ったようで思ったことは誰であろうが遠慮なく言う。しかし一回言ってしまえば、そのことに関しては忘れてしまったかのように二度とは言わない。どちらかというと慎重で決断が遅れがちな秋山とは違う色の性分だが、それだけにお互い口には出さないが認めているようなところがこの夫婦にはあった。

「妻の浮気現場に遭遇して、相手の男を殴った上に怪我させてしまったんだ」と秋山は熊沢が逮捕された理由を、そんな甲斐甲斐しい妻の顔を見ずに、今日のおかずであるアサリの酒蒸しを箸でつまみながら言った。

「そんなの浮気している奥さんとその男が悪いんじゃないの？　怪我させられたってしょうがないことしてるんだから。正当防衛よ、正当防衛！」と雅子は口を尖らせる。

「うーん。残念ながらそれは正当防衛にはならないよ。しかも、更にマズいのが職務中だったからな」と秋山は顎を撫でながら言った。

「仕事中に、浮気現場に遭遇しちゃったの？」雅子は不運な熊沢に同情する。

「ああ。熊沢が配達先のラブホテルに荷物を運んでいたら、そのホテルから奥さんと浮気相手の男が手を繋いで出てきたらしい」

「なにそれ。奥さんもずいぶんぬけてるわねえ。普通そんな足の付きそうなところで浮気なんかしないわよね。それともわざとなの？」

「熊沢本人も言ってたけど、熊沢の奥さんって、ちょっと天然入ってるんだよな」

「天然……。そういうのも天然っていうの？　便利な言葉ね、天然って」雅子は呆れて首を傾げる。

「それであなたはどうするのよ、所長の話は」と振り出しに戻した。

「かなり面倒くせえけど、正直言うと迷っている。都賀谷があそこまで困っているのも打っ棄ってておけないしな。確かにあいつが言うように適任な人物が見当たらない」

「そうね、都賀谷さんが困ってるんじゃ、放っておけないわよね。都賀谷さんを昭和街送に誘ったのは、あなただしね」

「うん」

　秋山は二十数年前のことを思い出していた。お歳暮期の短期アルバイトに来ていた都賀谷を、その働きぶりの良さから昭和街送に誘ったのは、他ならない秋山自身だった。それは当時フリーターのような身分だった都賀谷にとっても悪い話ではなかった。

　その頃の昭和街送は誰もが入れるような会社ではなく、時代も極度な買い手市場だった。特に学歴や経験もない都賀谷は「駄目もと」という気持ちで受けたような次第だったのだ。ところが、秋山の口添えなどもあり都賀谷は目出度く昭和街送に入社することができたのだった。

それから、月日が経ち秋山などさっさと追い越し、今や都賀谷は三つの営業所を統括するブロック長という役職に就いている。それゆえ秋山と都賀谷の間には単なる上司部下、先輩後輩以上の関係があった。

「やっちゃえばいいじゃない。どうせあと一年なんだから。それに嫌だったら途中でやめたっていいじゃない」と雅子は案の定そう言った。雅子に相談すれば所長をやる方向になることは秋山には容易に想像できていた。

「お前は軽く言うけど、かなり面倒くせえんだよ、所長は」秋山は溜め息とともに妻を横目で見た。

「あなたが所長だった頃思い出すわ。結構、様になってたと思うけどね……」雅子は懐かしむような目をする。

夫婦の会話はそこで止まってしまう。

雅子は秋山が器用にアサリの貝殻から身を出すのを眺めていた。アサリは秋山に機械的に身を取られていき、殻だけが積み上がっていく。ほどなくして身の入ったアサリはなくなってしまった。

雅子はアサリの殻だけになった器をさげながら、「あなた、まだ西城君の事故のこと気にしてるんでしょ」と、深夜にもかかわらず大きな声で尋ねながら食器を洗い始めた。

夫婦の間に緊張が走る。

「面倒くせえな、気にしてねえよ」秋山の声は蚊が鳴くように小さい。

「嘘ばっかり。あれ以来、あなた変わってしまったもの。良い意味でも、悪い意味でも。そして変わったままだもの」雅子の声にはどこか寂し気なものが滲んでいた。

「そうだな。変わったな。自分でも分かるよ」

秋山は抵抗するのをやめた。

「あなたの今の生き方も悪くないと思うけど、所長だった頃のあなたは今より何ていうのか前のめりだったわよ」

雅子は洗い終わった食器を水切り籠に置いていく。

「前のめり？　なんだそれ」

「若かったからかもしれないけど、恐れるものなんて何もなしって感じだった。でも、あの事故以来、あなたは前のめりじゃなく一歩身を引いて慎重になってしまった」

「いいことじゃないか、慎重なのは」

秋山は慎重というところを強調した。

「いいことよ。一家の大黒柱としては。慎重だから家庭も安定していた。もし、昔みたいに前のめりだったら、こんな平和な家庭ではなく、常にヒヤヒヤだったかもね。でも、あの頃のあなたは今よりも数段生き生きとしていたわ。あれが本来のあなたなんだったらちょっとかわいそうだなって思っただけよ」雅子は秋山に背中を向けたまま洗ったばかりの食器を拭きだした。

「若かっただけだろ。三十の男と六十の男が同じだったら変だろ。抱えてるものも違うんだし」秋山は表情を強張らせる。

「年齢の問題かしら」

「年齢の問題だ！」

「それならいいけど、本当は違うでしょ。あなたいろんなものを我慢しすぎよ」

雅子は決めつけてきた。

「……」秋山は何も言えなくなる。

ある意味図星だった。

結局、妻の雅子に相談しても結論は出なかった。

仕方なく秋山は寝床に入ったが、まったく眠れそうにない。頭の中は所長問題で埋め尽くされている。

秋山にとってこの話、断って断れないものでもなかった。

「面倒くせえから、やらない！」

その一点張りを通せばよかった。仮に断ったとしても、上司である都賀谷は何ら不利益になるような扱いはしないと、秋山は踏んでいる。都賀谷との間にはそんな信頼関係ができているつもりだった。

だが逆に言うとそれだけに助けてやりたいとも思った。都賀谷が初めて秋山に頭を下げて懇願してきたのだ。あんな都賀谷は見たことがなかった。

さらに、秋山自身も心の片隅でこのまま定年を迎えることへの寂しさのようなものを感じないでもなかった。それはこのまま何事もなく平穏に定年を迎えたいと望んでいる自分と相矛盾する気持ちだった。その矛盾の狭間にいる秋山は、雅子が言うように三十年前の事故からずっとそうだったのかもしれないとも思うのだった。

そして引っ掛かるのがジジイ狩りだ。

まさか都賀谷がそんなことを仕掛けてくるとは思えなかったが、定年まであと一年というところでなぜ？　という疑問が湧く。熊沢の件は都賀谷にとって不可抗力であったにせよ、その後釜を秋山にする理由はなかった。他の営業所からやる気のある者を引っ張ってくればいい話だからだ。

考えても埒が明かない。そうこうしているうちに、日中の激務による疲労は幸いにも秋山を眠りへと落としてくれた。

翌日、秋山はいつもより早く会社に着いた。まだ午前五時半。さすがに誰もいないかと思いきや都賀谷のレーシングカーみたいな車がある。こいつ一体何時から会社に来ているのか。

営業所の裏にある従業員用のドアを開け、中に入る。所長の机で事務処理をしているパンチパーマがこちらを向いた。

「あ、おはようございます。早いですね」都賀谷は眠そうな顔で秋山に挨拶をした。

「お前こそ、早いな。会社で暮らしてるんじゃないのか」

「まあ似たようなもんです。熊沢が不在なので、あいつのところで止まっている仕事をしないとならなくて……。ところで、考えてくれました？　例の件」

「ああ、やっぱりやめとくよ」と秋山は苦笑いで答えた。

「そうですか。そうですよね。あと一年なのに所長は酷ですよね。分かりました。他を当たってみます」都賀谷は無理に笑顔を作ってみせる。

所長デスクの上に昨日あれほど散乱していた書類はあらかた片付いていた。


その日の昼、秋山はトラックのステップに腰を下ろして握り飯をかじっていた。営業所でこうして昼食をとれるのはいつぶりだろうか。今日に限って握り飯であることを少し後悔する。

秋山がそんなふうに束の間の幸せを味わっていると事務員の冴木柚菜がやってきた。秋山の前で止まると笑みを湛えて仁王立ちする。

「所長！　そんな所で食べてないで、所長の机で食べてくださいよ」と、冴木は事務所を指さす。冴木の声はよく通る。構内で作業をしていた他のドライバーもこちらを向く。

　秋山は苦笑いせざるを得ない。それにしても人の噂とはどこからどう漏れてくるのか不思議でならない。

「その話なら今朝断ったところだよ。あと一年だからそっとジジイを見送ってやってくれ」

　秋山はそんな自虐ネタで応酬する。

「え？　そうなんですか。さっき別件で電話した時にブロック長に訊いたら、次の所長は秋山さんだって言ってたよ」

　冴木は首を傾げる。

「さっき？」

「ええ、今さっき」

　秋山は握り飯を口に押し込む。咽そうになったがどうにかお茶で流しこんだ。

「喉に詰まって死んじゃうよ。そんな食べ方したら。おじいちゃん」冴木は心配そうな顔を作る。

「人を年より扱いするな！」

　秋山はすぐに都賀谷に電話をした。

「おい都賀谷どういうことだ」

「え、何がですか？」

「俺は所長やらないと言っただろ」

「あら、もうバレちゃったんですか。人の噂って怖い」

少し前に秋山が感じていたことを都賀谷が口にする。

「俺はそんな面倒くせえものやらないからな！　無事に、平穏に、あと一年暮らすんだ」

「秋山さん。実は会って話そうと思ってたんですけどバレちゃったらしょうがない。これは上からの命令なんですよ」都賀谷の泣きそうな声が電話口から聞こえる。

「命令？」

「ええ、秋山さんが所長をやらないなら、欠員だらけの港北第一営業所に異動させるって人事課長が……」

港北第一と聞いて秋山の顔が引き攣る。

港北第一営業所。別名、港北不夜城は主に数百棟建つマンモス団地を担当としていた。そしてその数百棟の大半にエレベーターがない。配達員が一日に登る階段の高さを合わせるとエベレストをも超えるという。その誰が計ったのかわからない伝説が昭和街送ではまことしやかに語り継がれていた。

港北第一の話はそれだけでは終わらない。マンモス団地の周囲で高層マンションの建設ラッシュが起こっているということだった。雨後の筍のように建てられるマンションはドライバーたちの生命を確実に縮めていくという話だった。

　そんな港北第一営業所は一年もてば超人とさえいわれ、現在二十代のメンバーで支えられていた。そのほとんどが元Jリーガーやプロ野球選手で芽が出なかった者。もしくは学生時代にスポーツで華々しい成績を収めた猛者だけが残ってやっている。

　そんな強者ぞろいが朝から晩まで走り倒しても配達が終わらないというところに、来年定年を迎えようというお爺さんが行っても瞬殺されるだけだという恐怖が秋山を襲う。

「港北第一はまずいな」秋山の価値観が変化する。

「そうでしょ。だから、僕がもう一度秋山さんを説得するんでそれだけは勘弁してあげてください、って課長にお願いしたんですよ」都賀谷の声に自信が漲ってくる。

「ありがとう」いつの間にか立場が逆転していることに秋山は気づかない。

「秋山さん、僕も応援しますからあと一年だけなんで所長お願いしますね」

「……」

　気づいた時には寄り切られている自分がいることを実感せずにはいられない秋山だった。

　秋山と電話を切った都賀谷はすぐに別の電話を掛け直す。

「都賀谷です。おっしゃる通りにしたら所長の件、秋山さん呑んでくれました。あとは時間の問題かと……」

都賀谷はそう話し終えると電話を切り、長いこと頭を掻きむしっていた。それから力なく無表情で一点を見据えた。


その晩秋山は浮かない顔で妻の作った晩飯を前にしていた。

「それで、どうしたの？　都賀谷さんに断ったの？　所長さんの件」雅子はテーブルの向かい側に座ると開口一番訊いてきた。

「うん。やることにしたよ。一年だけだし、今までお世話になった会社でもあるからできる限りのことはして去っていきたいと思う」

秋山は心にもないことを棒読みのように語った。

「それは、あなたにしては決断したわね」雅子は少し嬉しそうだ。

その後、夫婦の話題は嫁いだ娘のことや妻のパート先での愚痴に移ると、ほとんど見てもいなければ聞いてもいなかったテレビから、突如「昭和街送」という言葉が聞こえてくるまで続いた。夫婦は今話していた内容を忘れてしまうほどにテレビに引き寄せられた。

『訴えを起こした遺族は自殺の原因が月二百時間以上を超える残業と上司のパワハラによるものだとして昭和街送を相手取り、本日群馬地裁に提訴しました。男性は一年前に運転手から所長になり、それにともない月の残業時間がそれまでの二倍以上に増え、最長で二百九十時間残業した月もあったということです。昭和街送は訴状を厳粛に受け止め弁護士と相談の上、協議していきたいということです……』

アナウンサーは既に次のニュースを読み始めていたが、二人の耳にはまるで聞こえていない。

「昭和街送って、言ってたわねえ」雅子は確かめるようにして訊いた。

「ああ。言ってた」秋山は硬い表情で頷く。

「運転手から所長って言ってたわねえ」

「ああ。言ってたな……」

「あなたの場合、一年だから大丈夫よね」

「そうだな、一年だもんな、大丈夫だ」

夫婦は不安を打ち消したい一心でしばらく「大丈夫」を唱え合っていた。


私服姿の秋山とスーツ姿の都賀谷が、事務所の奥にあるドライバーたちの控え室兼事務作業を行う部屋でコーヒーを飲んでいた。午前中はドライバーたちは出払っているから、この部屋に出入りする者はいない。何か大事な話をする時はここを使うことが自然と多いのだった。

秋山は休日にもかかわらず、一時間もかからないからということで明日からの所長の業務の説明を都賀谷から受けていた。

「まあ所長といっても大雑把にやることは三つです」

都賀谷がテーブルの上に滑らせた紙には手書きで所長の仕事が列挙されている。そこには以下のことが書かれていた。

・通達文を読み報告書を上げる。
・所員の労働時間の管理。
・その他、営業所の運営にともなう雑務。

「これだけか？」秋山は書面から目を上げて都賀谷を見る。

「これだけです。楽勝でしょ。まあ僕も頻繁に顔を出しますから何でも聞いてください」

「でも、所長も集配しなければならないだろ」

秋山は心配そうな声を出す。

「別に他のドライバーだけで回るなら秋山さんは出なくてもいいですよ。その辺は秋山さんの腕次第です」都賀谷は自身の二の腕を叩く。

「これだけ荷物があると、そうもいかなそうだけど……」

「まったく出ないのは現状では無理かもしれませんが、他のドライバーより荷物を少なく持つぐらいはできるでしょう。そうしたら、空いた時間で所長の仕事をすればいいんですよ。集配はドライバーに振るが鉄則です」都賀谷はコーヒーをすすりながら余裕の笑顔を向ける。

「しかしなあ、あの若くて配達の速い熊沢だって常に時間なさそうだったぞ」秋山は急にお爺さんモードで話しだす。

「ええ、でもその熊沢が来週から復帰します。昨日、謹慎解除の許可が下りました。幸い怪我をさせた相手も告訴しないということですし、警察も厳重注意で許してくれましたので」

「おお、それはよかった」秋山の顔に若々しい血潮が戻る。

「なんで、熊沢に今まで以上に荷物持たせれば秋山さんの手が少し空くと思うんですよね」

都賀谷は自分で言って頷く。

「なるほど、なんかできそうな気がしてきたかも」

「それじゃあ明日から頑張ってください。これから会議なんでそろそろ行きますね」

都賀谷はそう言うと営業所を出て行った。

ほどなくして都賀谷の車の爆音が鳴るとその音は遠くへと消えていった。

秋山は私服姿のまま事務所に入ると事務員の机の横にあるパソコンの前に座る。早速、通達文を読んでみることにした。

「冴木、所長への通達文ってどこにあるんだ」

秋山は今年三年目の事務員である冴木に訊いてみた。

「ああ、通達文ですか。通達文は主にメールで来ます。ここをクリックしてここを開くとほら」

「冴木、くりっくって何？」

「え、クリックですか。クリックはカーソルをここに持ってきて……」

「かーそるって何？」

「この矢印のことです。矢印をここに持ってきてここでボタンを押します。これがクリック。するとほら、所長へのメール一覧です」

「え、これ全部！」

「そうですよ。まだ三十通ぐらいだけど、この後どんどん来ますよ」

秋山の顔が強張る。

「な、なるほど。紙じゃ来ないんだな」

「ＦＡＸとかでも来ますよ。所長の机の上にある山が今日来た分です」

振り返ると所長デスクの上には紙の束が置かれている。

「す、既に、あ、あんなに」秋山は絶句する。

「はい」冴木は容赦（ようしゃ）のない笑顔を向ける。そう言っている間にも横にある複合機から数枚出てきた。

「ちなみに報告書って何を出すのかなあ」

　秋山が気を取り直してそう尋ねると、冴木は席を立ち、所長の机の後ろにあるキャビネットの扉を開けた。

「ここのキャビネットに報告書が保管してあります。上の段から営業日報、安全日報、配達個数管理表、集荷個数管理表、労働時間管理表、本日の反省、明日の行動予定、個人別集配個数などなどです」

「これ毎日？」

「毎日です」

「嘘だろ」

「本当です。あとクレームがあればクレーム報告書、クレーム改善報告書、事故があれば事故報告書、交通事故改善報告書、荷物が運送中に壊れれば、荷物破損報告書、荷物破損改善報告書、あと……」

「ありがとう冴木。うん、何となく分かった」

　秋山は頭を抱えながら冴木の言葉を遮る。

「ちなみに、所員の労働時間はどこで分かるんだ。メモするからゆっくり教えて」

　秋山は冴木にパソコン用の席を譲る。

「ここをクリックして、ここをクリックすると出ます」

冴木が開いた画面には見るのもうんざりするような細かい数字が列挙されている。

「数字が赤いのと黒いのがあるけど、どういう意味なんだ」冴木の後ろで秋山が訊いた。

「赤いのは労働時間が予定よりオーバーしている人です。法違反の危険ありです」

「みんな赤くないか」

「そうですね、これだけ荷物が多ければしょうがないですよね」冴木は当たり前でしょ、という顔である。秋山はしかめっ面をする。

しかし、考えてみればそれを嫌というほど味わってきたのが自分たちドライバーではないか。それにしても毎日これだけサービス残業して、昼飯も抜いて、それでも労働時間が法違反になりそうだとは、法律がおかしいのか会社がおかしいのか分からなくなる秋山だった。

どちらにしても都賀谷が言うように、所長だけ配達を少なくするなどということは不可能であると言わざるを得ない。だとすれば、いつ所長の仕事をすればよいのか。秋山は考えるとゾッとした。

その時、営業所の電話が鳴り冴木が出た。

「ああ大変ね。ちょっと待って代わるね」冴木は電話を秋山に向ける。

「なんか福岡さんのトラックがパンクしたみたいで、助けに来てくださいって言ってます」

福岡は紅一点のドライバーで三人の子の母親でもある。そんな肝っ玉母ちゃんの福岡だが容姿はやや細身の女性だ。どう考えてもトラックのタイヤを自力で外した上に交換は無理だろう。

「パンクかぁ！　面倒くせえなあ……」

秋山はそう呟くと、すぐに自身の車で福岡のもとに行きタイヤ交換を試みたのだが、なかなかタイヤが外れない。レンチに近くの工事現場から借りてきた鉄パイプを挿したうえに、秋山と福岡がパイプの上でジャンプしてようやく外すことができた。秋山が現場に着いて一時間が経っていた。福岡の配達が大きく遅れているので、福岡の上着を借りて秋山も配達を手伝う。

ようやく福岡の配達に目途が立つと、秋山の携帯が鳴った。事務所からだ。

「秋山さん休みのところ本当にごめんなさい。もう一件相談なんだけど、昨日、宇佐美君が集荷した荷物を発送し忘れたみたいで荷主さんが今日中に届けろ！　って怒っちゃって。宇佐美君、今日出勤だから動けなくて……」冴木にしては珍しく弱った声音を出している。よっぽど荷主に怒られたのだろう。

また、あのおっちょこちょいか……。宇佐美も冴木同様に今年で三年目になるが、ドライバーの仕事が未だに覚束ない。二カ月に一回は事故を起こすだけでなく普段からいろいろなミスを犯してくれるのだった。

「行き先はどこなの？」

「名古屋です」

「名古屋！　おいおい、面倒くせえぞ」

時計を見ると十二時。営業所に戻って荷物を持って東名を飛ばせば今日中に着けるはずだ。

「分かった。俺が行くよ」

「いいんですか！」冴木の声が跳ねる。

結局、秋山がその日帰宅したのは夜十一時だった。いつもの出勤日と変わらない。それどころか普段の仕事以上に疲労感が襲ってくる。これが毎日続くことを思うと気が重くなるが、何が何でもあと一年耐えなければならないと決意する秋山だった。

定年の日まで三〇二日

朝作業のパート二人が喫煙所で一服をしている。一人は金髪。一人は白髪交じりで、遠目で見ると銀色に見える。そのことから他のスタッフの間では金さん銀さんと呼ばれていた。

「ねえ。なんで秋山さん最近マスクしてるの？」

汗だくの秋山を煙草の煙で指しながら金さんが銀さんに尋ねた。

「なんかー。髭を剃ってる時間がなくてー。無精髭なんだってー」銀さんがだるそうに答える。

「え、家に帰ってないの？」

「帰ったり帰らなかったりだってー」

「かわいそうじゃん」金さんは面白いことにでも出くわしたように顔をほころばせる。

「ねえー。なんかー最近ますますおじいちゃんになったよねえー」

「うんそれは感じる。なんか定年までもたなそう」金さんが鼻で笑う。

「まだ所長になって一カ月だよー」

銀さんも笑う。

「でもほら見てみなさいよ、目が虚ろだよ」

「本当だー無理そー」

「無理だろうねえ」

「ご愁傷様でーす」

二人は笑いながら声を合わせた。

所長になって一カ月、平穏な人生を歩んできた秋山にとっておそらく生涯でもっとも過酷な一日一日を送っていた。早朝スタッフが不足しているので、この日も午前四時から作業をしていた。

ちなみに前日は深夜一時まで報告書を作成し、そのまま力尽きて営業所で寝てしまった。

そんな生活が一カ月余り続いている。

この日もどうにか朝作業に目途が立つと残りの仕事を早朝スタッフに委ね、事務所に戻りパソコンの前に座る。

営業所にパソコンは一台しかない。事務員の机の横にあるデスクトップパソコン一台のみだ。パソコンに不慣れな秋山は事務員のいない朝か深夜でないと心置きなく使えないのだった。横から冷たい視線を感じるからだ。

「まだかかりますか!」

あからさまに怒気を含んで言われることも度々であった。この一カ月で自ずと秋山がパソコンを使える時間が決定された。

それでも、パソコンにも少しだけ慣れた。それまでパソコンなどほとんど触らなかった秋山だけに、最初は生まれたての赤ん坊に対するようであった。変なボタンを押そうものならすぐに壊れてしまうのではと怯えながら。

ところが、秋山が思っていた以上にパソコンは頑丈であり、扱うボタンも限られていた。

それでも突然に平仮名変換がローマ字変換に変わったきり戻せなくて一時間かかったり、ウインドウやタブをあまりに開きすぎて冴木に怒られたりもした。

この朝、秋山は報告書の続きを作成しようとしていたが、どうしても自分の小指で隠れている「Z」のキーが見つけだせずにいた。そんなふうにキーボードとにらめっこをしているうちに強い睡魔が秋山を襲う。秋山はふらふらとパソコンから離れ所長デスクの引き出しを開けた。エナジードリンクや栄養補助食品の瓶や箱がぎっしり詰まっている。まるで薬箱。秋山は迷った挙句、金色の箱に入った滋養強壮剤を手に取る。

一日一本までと書いてあるが前回口にしてから七時間しか経っていない。前回飲んだのが午前零時だった記憶がある。

それにしても、所長になって家に帰れなかったのはこれで何回目だろうか。とにかくやることが多すぎる。同じ内容の報告書を異なる書式で複数の課に毎日報告させられる。そうかと思えば、そんなことを調べて何になるんだと思われるようなことを報告させられる。報告させるだけさせて本当に見ているのかと思うほどだ。

会社からの通達文もメール、ＦＡＸ、社内便とあらゆる手段で送られてくる。それも一つ一つがいい分量だ。秋山の机の後ろにあるキャビネットも既にギュウギュウだ。

ブロック長の都賀谷はいろいろ手伝うようなことを言っていたが、ほとんど姿を見せやしない。ドライバーや事務員も自分たちの仕事に忙殺されている。しかも、誰彼の配達が終わらなければ所長である秋山が手伝いに行く。トラックが故障すればまず秋山に電話がかかってくる。秋山自身も配達コースを他のドライバーと同じ分量で持っているから、自分のところを一旦中断して行かなければならない。都賀谷の言っていた集配を他のドライバーに振るなど理想でしかない。

ジジイ狩り。

どうやら都賀谷に嵌められたようだ。会社を辞めれば終わるのだろうが、あと一日、あと一日頑張ろうと踏ん張り続け一カ月が経っていた。

さすがに二日連続で会社に泊まるのはマズい。滋養強壮剤を握る。

前回の一本は昨日の分として、今手に持っているのを本日分としよう。

今日こそはやることを終わらせて帰るぞと決意し一気に飲み干す。十本セットで買ったのは大正解だ。

「秋山さん、点呼お願いします」

秋山が人差し指一本でパソコンのキーボードを打っていると声がした。

時計を見ると七時。パソコンタイムはあっという間に終了らしい。

トラックへの積み込みを終えたドライバーたちが事務所に入ってくる。点呼執行も所長である秋山の重要な仕事だ。秋山は点呼執行場所である自身の所長デスクに戻る。

「今日も荷物多いけど、スピード抑えて安全運転で頼むよ」

一人一人の健康状態や睡眠時間を聞き、点呼記録簿に書きつけて一声かけてから送り出す。かける言葉は主に安全運転に関することが多い。

そうこうしているうちに事務員が出勤してくるので営業所内を託し、秋山もトラックに乗り込む。

今日も二百個以上ある。

足がもげるまで走らなければならなさそうだ。俺は一体いつ休めばいいんだ。

午後一時。荷物を残しながらも秋山は一旦営業所に戻ってきた。

秋山が自身の机を見ると既に書類が山積みになっている。午前中だけでこの量かとうんざりしながらも、一番上の書類を見ると、クレームの案件だ。クレームを起こした本人から内容を聞き報告書を作らなければならない。クレームを起こしたのは、またしても西野（にしの）！

「面倒くせえな、それで何て言ったんだよ？」

秋山は今さっき配達から帰ってきたばかりのドライバー三年目、西野大介（だいすけ）に訊（き）いた。西野の額（ひたい）はまだ汗ばんでいる。

「再配達でお時間指定されていて、お留守でしたよねえ。それですぐに持ってきては難しいですって言いました」

「本当にそう言ったの？」秋山は目を眇める。

「いや、本当は……」

「本当は？」

「本当は、テメーで時間指定して、すっぽかしといて、すぐ持ってこいだと！　どの口が言ってんだ！　どんだけ糞人間なんだ貴様！　って言っちゃいました」

「……。その口が、そんなこと言っちゃった」

秋山は頭を抱えながら深い溜め息をつく。秋山の目の前には身長一八八センチ、元暴走族リーダーの西野が小さくなっていた。

「西野。で、そのお客さんなんて言ってきたか知ってる？」と秋山は頭を上げると西野に尋ねた。

「どうせ、俺を担当エリアから外せとか、二度と来させるなとかじゃないんですか」西野は口を尖らせる。

「いや。お客さんは、『どうか許してください。今後はご迷惑をおかけするようなことは一切しないので、どうかお許しください』って詫びてきたんだぞ。しかも泣きながら」

「すみません」西野はさらに小さくなる。

「西野、どれだけお客さんを威嚇したんだよ。お客さん震えてたらしいぞ。それでこの饅頭の詰め合わせがお客さんの持ってきたもの」秋山はまだ包装紙を被ったままの菓子折りを指さして言った。

「え、あいつ菓子折り持ってきたんですか。意外といい奴じゃないですか」と驚く西野。

「コラ。あいつとか言うな。お客さんだぞ」

「へい」

「いいか西野、俺たちの仕事は客を選べないんだ。それは良い面もあれば悪い面もある。中にはこっちが恐縮してしまうぐらい感謝してくれるお客さんもいる一方で、本当に首を傾げたくなるような人もいる。自分の要求ばかりで、他のお客さんが迷惑を被ろうがそんなのは関係ない、お金を払ってるんだから何でも応えるのが当然でしょって考えてる人もいるよな。老若男女を問わず。西野も三年目だからその辺は分かると思う。もちろん、できないものはできないって断らなければいけない。毅然とした態度でな。だが、自分の不満と感情を直にお客さんにぶつけては駄目だ」秋山は努めて優しく話す。

「へい。すみません」西野は泣きそうな顔をつくる。

「仕事ってのはさあ、生活のためにお金を稼ぐだけのものじゃないんだ。いろいろな人間と接していく中で自分を磨くためのものでもあるんだぞ。無理難題を言われて頭にくることもあるし、荷物が多すぎて、時間がなくて慌てることもある。だが、どんな局面でも自分を見失っては駄目だ。そうだろ西野」

「へい。ごもっともです」と西野は言いながら、秋山老師の説法タイムが始まったと諦めている。

「常に平常心なんだよ。どんな局面でも。汗だくで荷物を運んでても、頭はクールでいなくちゃいかん。そのための修行の場なんだ、仕事とは」

「へい」西野は深く頷きながら、まだかなーと秋山の目を盗んでは時計を見る。まだ配達が大量に残ってるんだけど。

二人がそんなやり取りをしていると、受付で接客していた冴木が間仕切り代わりのパーテーションから引き攣った顔を出す。すると小走りに歩み寄ってきて秋山に何やら耳打ちをした。

「警察！　詐欺？」

秋山の顔が瞬時に蒼ざめる。

およそ運送会社では縁遠いワードだ。冴木とともに受付に行くと、なるほど制服を着た警察官が二人立っている。今秋山が説教していた西野より小柄だが、秋山には西野よりはるかに大きく見える。

「責任者の方ですか？」

二人いる警察官の年配のほうが秋山にそう尋ねた。

「はい。そうですけど」秋山はもう頭が真っ白になっている。さっき自分が大切だと言った平常心などどこへやらであった。

「先日、管内で特殊詐欺事件がありまして。その件でこちらにいらっしゃる西野さんにちょっとお話があるのですが」警察官は淡々と言う。

「に、西野ならここにいますけど。恐喝でなく詐欺?」秋山は変なところを確認する。

「恐喝事件ではなく詐欺事件です」警察官は秋山の目を見据えて言い切った。秋山はもう自分が逮捕でもされるように萎縮している。

「はい。俺が西野ですけど」

いつの間にか秋山の傍らにいた西野は、首をチョンと前に出して二人の警察官に挨拶をした。秋山と違い西野は自分の名前が警察官に呼ばれているにもかかわらず至って平気であった。暴走族時代にずいぶんお世話になった賜物に違いない。秋山の言う平常心である。

「なんか俺やっちゃいました?」西野は生徒が先生に呼ばれたようでしかない。

「先月の二十五日のことですが、コスモス山病院の前の路上で、二十代ぐらいの男性と荷物の件で何かありませんでしたか?」今度は若いほうの警察官が西野に尋ねてきた。

西野は天井をしばらく見ているとようやく思い出す。

「ああ、あったよ。あそこのマンションの下で二十代ぐらいの奴が『二〇五号室の荷物ですか? 二〇五号室の鈴木です』とか言ってきたんだけど二〇五号室、今誰も住んでないんだよね。それで変だと思って『玄関じゃないと渡せないですよ』って言ったら『急いでるから早く渡せよ』とか言ってきたんで、ちょっとだけ頭にきちゃったんで『渡せないって言ってるのが聞こえないんですか』って言ったら、その人、車でどこか行っちゃったけど」そう言うと西野はチラっと秋山を見た。

「お客さんに本当にそう言ったのか？」秋山は口を歪めて訊く。

「いや本当は……。『オイ！　日本語分かんねえのかよ。こんな道端でどこの馬の骨とも分からねえ奴に簡単に渡せるわけねえだろ。ボケが！』って言っちゃいました。そしたらそいつ車で逃げちゃって、へい」

秋山は眩暈を感じる。一方で警察官二人は笑顔で頷いている。

「その荷物はまだこちらにありますか？」再び年配のほうの警察官が西野に尋ねた。

「ああ、ありますよ。ちょっと待っててください」そう言うと西野は事務所の奥にある倉庫から小さいが重そうな荷物を持ってきた。

年配の警察官は荷物には触れずにそれを注視すると「これですね。品名にはおかきって書いてあるけど、中身はおかきじゃなくておかねなんですよ。それも一千万円」と言い出した。

「え。一千万円！」

「はい。西野さんが一喝した若い男はいわゆる受け子ですね。この伝票に書いてある差出人の鈴木ヨネさんが今回騙されてしまった被害者です。そして伝票に書いてある受取人の鈴木一郎さんがヨネさんの息子の名前です。犯人グループは一郎さんに成りすまし、会社の金を使い込んでしまったのでその穴埋めに一千万円を指定した住所へ送ってくれとヨネさんに電話したようです。でも西野さんの機転で犯罪が未然に防げたわけです。それと、西野さんがやり取りしたマンションの防犯カメラから犯人も割り出せたので、昨日、犯人グループ複数名を逮捕しました。いや、お手柄ですよ、西野さん」警察官二人は嬉しそうに西野を仰ぎ見て言った。

その後、もう一台警察車両が来て証拠品ということで一千万円の「おかき」を回収していった。

「偉いぞ、西野！」秋山が西野の背中を軽く叩いて言った。

「いや、当然のことっす」西野も照れながら頭に手をやる。

一時の緊張から解放された営業所内は和やかな雰囲気となっていた。

そこで、営業所の電話が鳴った。事務の冴木が受話器を取る。

「秋山さん。今日、宇佐美君と一緒に配達しているパートさんからなんですけど……」

「え！　もしかして、またあいつ事故った？」

「いや、今回はもっとヤバい感じです。パートさんの話では宇佐美君が極黒興業に配達に行ったきり一時間も戻ってこないそうで、どうやら監禁されたみたいだって」冴木が血相を変えている。

「極黒興業って、あの極黒興業?」秋山は顔を引き攣らせる。

「たぶん、そうだと」

「どうして、そんな面倒くさいことに」

「なんか宇佐美君が極黒興業の荷物を組員の目の前で落っことしちゃったみたいで……」

所内に再び緊張が走る。

「トラックで、乗り込みましょうよ」西野は腕まくりをする。

「さっきの警察の人帰っちゃったかな」秋山は半ば倒れそうになりながら冴木に訊いた。


そんなこんなで、何事もなく定年を迎えたい秋山に日々問題が勃発していた。この日も結局、秋山が謝り倒し、監禁されていた宇佐美を救出し、その後、宇佐美が残した荷物を皆で配り終わったのが二十二時。その後の荷下ろし、代引きや着払いなどの集金分の金銭を収納し、日報を作成しドライバーとしての業務を終えたのが二十三時。そこから秋山は明日までに報告すべき書類を纏めなければならないのだった。

秋山はこの日の夜、三本目の滋養強壮剤を飲み、慣れないパソコンに向かっていた。今日も帰れそうにない。雅子に電話しておこう。秋山がそう覚悟した時だった。

「秋山さん、今日はすみませんでした」

そう詫びてきたのは数時間前まで監禁されていた宇佐美将太だった。

「宇佐美が悪いわけじゃないから気にすんなよ。今日は疲れただろ、早く帰れよ」と秋山は疲労いっぱいの顔で笑みを作る。

「秋山さんは帰らないんですか？」

「ああ。俺は今日この報告書を作らないとならないから徹夜だ。面倒くせえけど」

「ちょっといいですか」

宇佐美は秋山の持っていた資料を捲りだした。

「僕が作りましょうか。これ入力すればいいだけですよね」

「いや、宇佐美まで徹夜の巻き添えにするわけにはいかないよ」

「たぶん三十分もかからないと思います。元データもありそうなんで。それを張り付ければ速攻ですよ」

そう言うと宇佐美は秋山の数十倍のスピードでキーボードを叩きだし、秋山が見たこともない画面をいくつも広げて、あっという間に報告書を作っていく。

「宇佐美すごいな。集配作業は遅いけど、パソコン作業はプロ並みだな」

秋山は宇佐美の後ろで目を丸くする。

「そんなこと言わないでくださいよ。でも、こういうの嫌いじゃないんですよ。困ったら言ってください。いつでも手伝いますから」

そんなやり取りをしていると秋山の隣のプリンターが動きだし何枚も紙が出てくる。

「いま、プリントアウトしたんで見てもらっていいですか」

「もうできたの！」

宇佐美がパソコンの前に座って十分も経っていなかった。秋山はできたての報告書を手に取り一読する。

「すごい。完璧だよ」

「もう、やることないですか」

「いや、実はもう一件、報告しないといけないものが……」

「任せてください」

宇佐美は次の報告書もすぐに作成し、それだけでなくパソコンの苦手な秋山でも簡単に報告書を作れるようにプログラミングまでしてくれた。

「ここをクリックすれば、各課宛ての報告書が自動でできるようにプログラムしました。パソコン作業の遅い秋山さんでも作業時間が大幅に短縮できるはずです」宇佐美はニヤリとする。

「言い返されたな」秋山は頭に手をやる。

二人はその後、営業所を閉めて揃って退勤した。時計を見るとまだ二十三時五十分だった。

多忙な一日だったが、なぜかこの日は疲れをあまり感じない秋山だった。

定年の日まで二九一日

営業所の接客スペースにビニールをかけられたタイヤが四本積み重なっていた。

事務員の冴木が四苦八苦しながら荷受付していたので見かねて秋山が代わる。採寸し金額を伝票に書きつけお客さんから金額をいただく。お客さんを帰すと秋山はタイヤ四本を台車に乗せ構内まで運んでいき、発送用のカゴ車に移し替える。作業を終えて机に戻ると秋山は腕組みをした。

秋山の机の上には六法全書のような分厚い冊子が置かれていた。ドライバーたちが持つポータブル端末が新しくなるので、その使用マニュアルが来たから読んでおいてくださいと都賀谷に電話で言われたのがついさっきだった。

秋山は老眼鏡をかけ恐る恐る数枚ページを捲ってみる。小さな字がびっしりと書かれている上に横文字や専門用語らしきカタカナが随所に並んでいた。都賀谷はこれを読んで所員に説明しろと言う。一週間後に新端末と入れ替わるので、それまでに熟知しておかないとシステムトラブルが起こるとまで脅（おど）してきた。

「無理です。ごめんなさい」

秋山は冊子をばたんと閉じた。

「秋山さん、それ何ですか？」

目を上げると事務員の冴木が立っていた。

「これはねえ、新端末のマニュアルなんだけど。まるで意味が分からない。冴木分かる？」

と同情を求めて両手で持ち、冴木に渡す。

冴木は最初のページからペラペラと一枚ずつ眺めるように捲っていく。読んでいるようには見えない。

「こんなの分かるわけがないよね。どうしてうちの会社はマニュアルや通達がこんなに分量あるんだろうか。これじゃあ読んでるだけで数日かかるよ。あとメールね。一日に何十通もメール来るからね。これが本当の迷惑メールだよ」秋山はそうこぼしまくりながら傍（かたわ）らにある未処理の書類の山を叩く。

「そんなことないよ。あたし、だいたい分かったよ」と冴木は秋山の期待をいい意味で裏切ることを言いだした。

「分かるの？　こんなの」

「うん」

「もしかして今読んでたの？」

「読んでたよ。あたし、こう見えて情報工学部卒の文学少女なの。よかったら、あたしが読んでみんなに説明してあげるよ。秋山さん面倒くせえって言いながらも、いろいろ手伝ってくれるから、恩返し」

「マジで！」


それから一週間後に新端末が営業所に到着し、冴木の指示のもとみんなで設定作業をした。先日、監禁事件にあった宇佐美のＩＴ知識も生かされ、秋山の営業所はスムーズにシステム移行を終了した。

ところが全国の昭和街送の営業所で、無事に新端末に移行できたのは秋山の営業所とその他数カ所だけで、多くの営業所がシステムトラブルを発生させていた。本社は対策として開発業者に費用を払い、順次各営業所に専門スタッフを派遣せざるを得ない事態となったのであった。

その後も冴木は秋山が頼んだわけでもないのに、秋山の代わりに通達文やマニュアル、メールといった書類関係全てを読み、要点だけを絞って秋山や所員たちに伝えてくれるようになった。

宇佐美もパソコンに携わることで秋山を助けてくれた。

そのせいか、所長就任当初に比べ秋山が家に帰れる日数はだいぶ増えていた。

定年の日まで二八三日

秋山(あきやま)はホテルのような仕様のエントランスを構えるマンションから出てきた。時刻は午後十時をまわっている。

その際、疲れ切った表情のサラリーマンや千鳥足のそれとすれ違う。どちらにしても、もう家に帰れるのかと羨(うらや)ましくなる。こっちはこれから営業所に戻ってクレームの報告書を作らなければならない。クレームを起こしたのはまたしても西野(にしの)。だが、今回は西野だけが一概に悪いとも言えない内容だった。

事の起こりは一本の再配達の電話だった。時刻は午後九時半。既に再配達の受付は終了し、西野自身も営業所に戻ってきていた。

西野が再配達は明日以降になるということを告げても相手は納得しない。

「どうしても今日必要だから今持ってこい」

西野はそれでも断り続けた。すると客は本社にクレームを入れ、責任者が直接持ってこいと言いだした。会社もすぐに荷物をお届けし改善報告書を提出するようにと投げてきた。

結局、所長の秋山が荷物を持って頭を下げに行くと、本人ではなく中学生ぐらいの息子が何も言わずに出て荷物を受け取ってくれた。

サービス業である以上こんな理不尽にもよく遭遇するが、その度に胸を掻き乱される。

秋山が営業所に戻ると西野は帰らずに待っていて荷捌き所を掃除していた。営業所を出る時に何時になるか分からないから帰っていいと言い置いたが、西野の性分がそれを許さなかったようだ。

「申し訳ございませんでした」

背の高い西野は深々と頭を下げる。西野が言うと出所してきた親分でも迎えるようだと秋山は思う。

「西野が悪いわけじゃないよ。さあ、明日も早いんだ。帰れ、帰れ。面倒くせえ」

「いや、それじゃあ義理を欠きやす。報告書も出すんですよね」西野が眉根を寄せて心配してくれた時だった。

「秋山さん、報告書作っといたから見て、あと送るだけ」と事務所の出入り口から冴木の大きな声が聞こえた。秋山と西野は顔を見合わせる。

「姉御、ありがとうございやす」

二人は冴木に深々と頭を下げる。

翌日は台風のような風雨の朝であった。

秋山は荷捌き所で早朝から積み込み作業をしていた。屋根があるにもかかわらず雨が吹き込んで荷台と荷物を濡らし作業を阻む。それでも、いつもより十数分の遅れだけで、営業所からドライバーたちを送り出すことができた。

ところが宇佐美が運転席に座ったまま一向に動き出さないのが秋山の目にとまった。

「どうした」秋山が声を掛ける。

「エンジンが掛からないんです。今日も配達多いのに。しかもこの雨で……」宇佐美の表情に焦りの色が出ている。

「音からするとバッテリー上がりっぽいな」

「実は荷台の室内灯が点けっぱなしだったみたいで……」

「やっぱり。面倒くせえけど新品のバッテリーあったからすぐに取り換えよう」秋山がそう言うと、西野が豪雨の中バッテリーを二つ抱えて立っていた。

「俺やりますよ。任せてください」

西野の声が風雨を掻き分ける。

「西野だって配達多いだろ。俺がやるから出ていいぞ」と秋山がそう促したが、西野は聞き入れずバッテリーを外し始めた。雨は容赦なく西野に叩きつける。

　ところが、西野の手つきが尋常じゃなく素早い。工具の扱いも堂に入っている。

　秋山が雨に打たれながら呆気に取られているうちに二つのバッテリーが外された。

「西野君、Ｆ１のピットみたいですね」宇佐美も同感だったらしく感嘆の声を上げる。

「こんなの朝飯前ですよ。俺、タイヤ付いてる物いじるの大好きなんすよね。ガキの頃はチャリンコで最近は車も整備してます。その車も俺が整備したんすよ」

　西野が顎で指す方向には彼の愛車『天真爛漫号』が雨飛沫の中佇んでいる。

「はい終わりました」

　時間は五分もかかっていない。しかもこの悪天候にもかかわらず。

　秋山もバッテリー交換ぐらいはできるが西野の数倍は時間がかかる。

「故障とかで困ったら言ってください。応急処置ぐらいは大概できると思いますから。俺そんぐらいでしかみんなに恩返しできねえんで」

　西野は取り換えたバッテリー二つと工具箱を軽そうに持ち上げると、ニワトリみたいに首だけでちょこんと挨拶をして行ってしまった。

「西野君かっこいいですね」

　宇佐美がそう言い、秋山も頷く。

「根は誰よりも純粋なのかもしれない……」

「え？　何ですか」風雨で聞こえなかったのか宇佐美が訊き返した。

「いや、なんでもない。さあ俺たちも配達に行こう」

　その晩、秋山が仕事を終え家にたどり着くと玄関の明かりが消えていた。インターホンを押すと、ほどなくして玄関の明かりが点き鍵の開く音がした。

「あら、もう帰ってきたの？」と雅子がドアを開けた。

「帰ってきたらいけないみたいな言い方するな」秋山は靴を脱ぎながら顔をしかめる。

「そうじゃないわよ。お風呂先でしょ」

「ああ、そうするよ」

　雅子はキッチンへ行き秋山は風呂場へ行く。

　雨で濡れたシャツを洗濯機に放り込み、隅に置いてある体重計に乗る。

　五十六キロ。所長になって七キロも痩せた。しばらく乗ったまま体重計の針を凝視していた。

　言葉が出ない。

　我に返り風呂に入る。体を洗い湯船に一瞬だけ浸かりすぐに出る。リビングに入ると雅子が夕飯を並べてくれていた。

「このところ帰ってこれるようになったのね」雅子は秋山が椅子に腰かけると同時に話しだした。

「といっても十一時半だぞ」

「それはそうだけど。先週まで帰ってこれない日がほとんどだし、帰ってきても十二時まわってたじゃない。もし過労死でもしたら会社を訴えてやろうと帰宅時刻をカレンダーにメモしてたのに」

言われて見るとカレンダーには小さい数字がぎっしり書かれている。雅子は話を続けた。

「所長になって一カ月ちょっと経つけど、だいぶ慣れてきたんじゃない?」

雅子は湯気の立った味噌汁を秋山の前に置いた。

「それもあるかもしれないけど、最近、若い連中がいろいろと手伝ってくれるんだ」

「あら、嬉しいわね」

「宇佐美は相変わらずおっちょこちょいだけどパソコン関係を、元気印の冴木は事務系全般を、西野は三日に一回はクレームが入るが毎日車両整備をしてくれる。謹慎明けの熊沢も奥さんとの一件があったにもかかわらず、これまで通り配達が速いから自分の分が終わると手伝いに来てくれる。そして、パート契約の福岡まで配達を手伝ってくれるんだ、早く帰って子供たちの世話をしなければならないだろうに。みんな目が回るほど忙しいはずなのに……。俺が駄目だから見るに見かねてかなあ」話しながら味噌汁を箸で掻きまぜる。

「そんなことないんじゃない」雅子は微笑む。

「だといいんだけど。みんな余計に疲れさせてたら悪いと思って」秋山の箸が止まる。

「あなたが、いざという時その子たちを守ってあげればいいんじゃない？」

「そうだな……」

秋山はそう言うと勢いよく味噌汁をすする。

「熱！」

定年の日まで二七三日

昭和街送は東京と大阪に本社を置き、各都道府県に一支社を置いている。

秋山はその日、支社内にある大会議室にいた。県内のブロック長と所長が全員集められ室内は既に熱気に満ちていた。秋山が所長になって初めての会議であった。

秋山の隣にはベテラン所長の三田博が座っている。三田は以前秋山と同じ営業所で働いたことがあった。

「三田、会議って、なにするんだ？」

秋山は横に座っている三田に会議が始まるまでの時間の手持ち無沙汰からそう尋ねた。

「まあ会議といっても、何かを話し合うのではなく支社長と各課の課長による話がメインで、こっちはそれを聞いているだけですよ。たまに極端に数字の悪い営業所が吊るしあげられますけどね」三田は自分が吊るしあげられたように苦い顔を作ってみせた。

「ふうーん。じゃあ、こちらから何か現場の窮状を訴えるようなことはないわけだ。たとえば人が足りないとか、荷物が多すぎるとか、サービス残業の時間が長すぎるとか」

「ないですね。完全な上意下達です。上に好意的な意見ならまだしも、そんな批判的な意見なんて言おうものなら次回の会議にはこの場にいないですよ」

「厳しいんだな」

「まあ、つまり会議といっても一方的なもので下意上達はご法度です。逆に楽でいいですけどね」と三田は言う。

「それにしても、いつからこの会社そんなふうになっちまったんだろうな。昔は課長だろうが支社長だろうがもっと身近にいて俺たち現場のドライバーも気さくに話せたものだし、あっちも現場にちょくちょく来たもんだぜ、どうだあーって」

「いつの時代の話してんですか、秋山さん。課長連中はともかくとして支社長に至っては神格化された皇帝みたいなもんで、我々の前でお声を発せられること自体有難いですよ」

「お前、本当にそう思ってるのか？」

「ええ、もちろんです。秋山さん支社長見たことないでしょ？」

「ああ、ないよ」

「見たら驚きますよ。お、何やら始まりそうです」

背の高い禿頭の男が会議室前方の入り口から現れると、それまで立ち話をしていた連中も巻き戻し映像のように自分の席へと戻っていった。

「間もなく全体会議を始める」

禿頭の男はやや掠れた声でそう言うと壇上に上がりマイクを手にした。

「総務課の村上です。新任の所長もいるようだから説明しておくが、最初に課長が三人、そして最後に吉住支社長が入室されるので一斉に起立のあと、『おはようございます。本日はありがとうございます』とご挨拶すること。そして支社長が手で座れと合図されたあとに私が『着席のお許しだ』と言ったら『ありがとうございます』と言って座るように」

「……。オイ、三田。なんなんだ、この面倒くせえ下打ち合わせは」秋山は三田に小声で耳打ちをする。

村上は厳しい目つきで一同を見回すと元あった場所にマイクを収めた。

「そうですか？　普通でしょ」三田はヘラヘラ笑っている。

「普通じゃないと思うぞ」

「俺もう麻痺しちゃってるのかなあ。あ、始まりますよ」三田はヘラヘラ笑いを収めて前を向いた。

総務課課長の村上が言ったように初老の男が三人露払いのように先導にたち、最後に一人だけ入ってきた。

会議室にいた二百人近い人間が一斉に立ち上がる。二百人皆が居眠りをしていて怒鳴られたかのようだ。

「おはようございます。本日は、ありがとうございます！」

怖いほどに全員の声が揃っている。

それから数秒後、進行役の村上が「着席のお許しだ」と涙ぐんだ声で言うと、その場にいた二百人が何かの刑を免れたように「ありがとうございます」と言って粛々と席に着いた。

秋山はここが自分が長年働いていた会社だとは俄かに認めたくない衝動にかられた。それでもどうにか現実だと諦める。

「おい支社長いないじゃないか？」と咎めるように三田に囁いた。

「今、壇上にいる方、あれが支社長ですよ」

三田はしょうがないなあというように答える。

「ええ、まだ三十歳そこそこじゃないのか？」

「童顔なんですよね、支社長。でも四十には乗ってないでしょうね」

「あんなに若くて支社長なのかよ。すごいやり手だな」秋山が感心する。

「ええ、噂では前職は銀行員だそうで、昭和街送が香港に進出した時の立役者だそうです」

「へえ、じゃあ昭和街送が引き抜いたんだ」

「いえ、拾ったそうです」

「拾った？」秋山の声が少しだけ大きくなる。

「なんでも、銀行員時代に社内不倫を暴露されて地方の零細企業に出向になっているところをうちが拾ったそうです」

「でも銀行員って運送業と全然関係なくないか？」

「経営に関しては相当優秀みたいですよ。人格的にはペケですけど」三田が吐き捨てる。

「三田も言うねー」秋山はくすりと笑う。

しばらくして甲高い声が秋山の耳に響いてきた。その支社長と呼ばれる人間が壇上で話しだしたようだ。会議室内に緊張が走る。

「まず一点目ですが、最近、事故が多すぎます。事故を起こした者に聞くと、焦っていてとか、慌てていてとか言うんだけど、ハンドルを握ったら焦ったり慌てたりしないでください」

それを聞いた秋山は隣の三田の顔を見た。三田は小さく舌を出す。

三田は所長になる以前、一年に一回は軽微な事故を起こしていた。それは決まって荷物が多くて慌てている時であった。三田は荷物が二百五十個を超えると決まってパニックになり、「どうしよう、どうしよう」と右往左往しだす。その慌てぶりが可笑しく、「大丈夫か？　そんなに慌てるなよ」と声を掛けながらも、どうしても皆が笑ってしまうのであった。

そのため、皆から「あわてんぼうの三田（サンタ）」と呼ばれ、いつかサンタ、サンタとあだ名されるようになったのだった。

所長になってからの三田は自分で慌てないで済むように配達個数を調整しているらしい。さらに所長という立場がサンタと呼ぶことを皆に遠慮させるようになった。ところが秋山のように古くから三田のことを知っている者は、何かの拍子にサンタとあだ名で呼んでしまうこともあり、「慌てる」という言葉を聞くと三田を連想してしまう。

童顔支社長は続けた。

「二点目ですが。今期も始まったばかりですが、このままでは赤字です。三億数字が足りなくなるでしょう。この三億を埋めるために、明日より時短作戦を行い、人件費を削減します。出勤時間を一時間遅くして九時、退勤時間を一時間早めて午後八時とします。計算では現状より一時間当たり五個多く荷物を配達すればいいので終わるはずです」

秋山は隣に座っている三田を一瞥（いちべつ）すると持参したノートの端にこう書いた。

『おい三田。あの支社長は正気か？』

三田は秋山のノートの字を見るとすぐに自分のノートに『というと？』と書いて、秋山のほうにずらした。二人の筆談は続く。

秋山　『今だって人手が足りなくて朝晩二時間ずつサービス残業。それを三時間ずつ合計六時間ってことか？』
三田　『まあ、そういうことでしょう』
秋山　『お前よく平気だな？』
三田　『平気じゃないけど、上がやれと言えばやるしかないでしょう』
秋山　『その前に、うちの会社も、うちの県も赤字じゃないよな？　利益出てるよな！』
三田　『赤字というのは計画に対してマイナスということです』
秋山　『計画に無理があるんじゃないのか？』
三田　『対前年一割の成長ですからね』
秋山　『継続的成長ってやつか』
三田　『離職率も二桁成長中（笑）』
とその時であった。
「支社長。ちょっといいですか」
秋山たちと同じ列で窓側の男が挙手とともに立ち上がった。支社長の吉住とは対照的に恰幅の良い男だ。無言で立っているだけでも威圧されるような空気がある。自然と全員の目がその男に注がれる。
「港南第二営業所の太田圭吾と申します。失礼ながら支社長にお伺いしたいことがありますがよろしいでしょうか」言葉の丁寧さとは裏腹に、太田は両手を腰に当て胸を反らしている。

こうした突然の質問や意見などはこの会議においてはご法度だと三田は言っていた。そうなるだけの厳格な空気がこの会議にはたしかにある。それをぶち壊しての太田という男の挙手であった。太田が何を言うか以前に、吉住がこれをどう扱うか、皆の興味はまずそこに注がれた。

「どうぞ」

吉住は椅子に背中を預けると、太田という男の顔をまじまじと見て、意外にも手を差し出して促した。

「支社長は、現場の実態をご存じですか？　もう現場は限界なんですよ。荷物は増える一方。人は減る一方。その上、朝出てくる時間を遅くしろ？　帰る時間を早めろ？　俺たちはどれだけサービス残業すればいいんですか？　会社は利益が出てるんですよね。これだけ現場がひっ迫してるのにさらに利益を追求する理由があるんですか。若い奴はどんどん辞めていきますよ。サービス業なのに顧客へのサービスだってズタズタですよ。サービス業はサービス残業をする業種のことだと勘違いしている所員もいるぐらいですよ」

太田はそこで口を噤むと、射るような視線を吉住に向ける。

「ふふふっふ。面白い冗談ですね」吉住は余裕である。太田はそれでさらに火が付いた。

「荷物の量とともに事故が増えているのを支社長はご存じですよね。人身事故に到ったものもある。このままでいいんですか？　この会社！」太田は声を荒らげて言った。怒りが滲みこんでいるのがその場にいる者全員に伝わっていた。場内は静まり返る。

皆の視線は支社長である吉住に注がれる。現場を知らないこの支社長が何と言うのか全員が固唾を呑んでいるようだ。

吉住はテーブルの上で手の平を組み合わせると、目の前で自分に吠えてきた巨漢を値踏みでもするように睨みつけてからこう口火を切った。

「あのさあ、事故が起こるのと荷物が多いのは関係ないよね」

「と言いますと？」

「ハンドルを握ったら運転に集中する。車から降りたら全力で配達なり集荷に集中する。運転中も荷物に気を取られるから焦ったりして事故が起こるんでしょ。違う？」

「あの、我々はロボットでもなければ仙人でもないんです。そんな簡単に頭の中を切り替えられたら苦労しませんよ。安全は気持ちのゆとりからですよね？」太田はもう完全に相手を立場が上の人間だとは考えていないような口ぶりだ。

「だから。運転する時は気持ちにゆとりを持てと言ってるの。時間に遅れるとか、荷物がいっぱい残ってるとかを考えない。ハンドルを握る人はそのぐらいの精神修養ができないと困るよね。車って簡単に人を殺せるものなんだよ。分かってる？　私は免許持ってないから言わせてもらうけど」吉住の高い声にも怒気が含まれているのが分かる。

「免許お持ちじゃないんですか……」太田はそう言うと黙ってしまった。

　これには秋山もあんぐり口を開けてしまった。支社長は荷物を実際に扱ったことはないだろうと思っていたが、運転免許すら持っていない、つまり車を運転したことのない人間が運送会社の支社長なのかという現実を呑みこめずにいた。その支社長が今度は暴走し始めた。

「経常利益の継続的成長は私個人が言っていることではないんだ」子供が喚(わめ)くような口調だ。

「これは社長の命令なの。社長はおっしゃっておられる。今は苦しいがこれを乗り越えればライバル企業である帝国急輸(ていこくきゅうゆ)を当社の傘下に収めることができると。そうなれば個人宅配の実に八十五％のシェアを握ることができると。さすれば、年々低下し続けている宅配便一個当たりの単価も改善するであろうと。つまり値上げに踏み切るということだ。その結果、当社の安定的な経営と発展が期待でき、社員である我々の生活も今以上に豊かなものにできるだろうと。だが、今はその値上げができない。我慢の時期なのだ。お前の話では現場がひっ迫しているということだが、上がってきている数字と報告ではそのようには受け取れないぞ。お前の営業所だけの問題なんじゃないのか？　それを会社のせいにして、それでもお前は所長なのか。ん？　処分は追って下すから今日はもう帰っていい。帰れ！」

吉住の甲高い声が会議室内に響き渡った。

発言をした太田は何かを言おうと口を少し動かしたが、その唇はすぐに固く結ばれてしまった。その代わり吉住を睨みつけたまま無言で会議室から出て行った。

会社を辞めなければいいが。秋山はそんなことを思いながらその男の大きな背中を見送った。

結局、秋山にとって初めての全体会議であるこの日は支社長による労働時間短縮の指示と、その後の各課の課長からの報告と指示が事細かにあって終わった。その中で秋山が引っ掛かったのが交通事故対策課の課長が言っていた内容であった。昭和街送の今期に入ってからの交通事故の件数が、対前年の五割増しのペースだということだった。どこの営業所も急激な荷物の増加と人手不足で、ゆとりを持った運転をドライバーたちができないのだろう。交通事故対策課課長の話では、その多発する事故の中には重大人身事故に到っているケースもあるという。

いつからこうなってしまったのか。秋山はそう思う。以前の昭和街送は安全第一であった。それは建前の話だけではなく、名実ともにそうであった。あまりにも帰ってくるのが早いドライバーがいれば運行記録をチェックされ、厳しく指摘をされたものだった。それが今やチェックする上長も先輩も忙しさを極め、運行記録はファイルに重ねられていくだけの紙屑(かみくず)でしかない。それどころか速ければより多くの荷物を捌(さば)けるのだから、そういう人間が重宝されるようになり、出世していくという事態にまでなっていた。

　また以前は予備人員的なものがあり、突発的な荷物の増加や体調不良のドライバーに備える人間がいた。それが、いつの間にか予備人員が常時稼働するようになり、予備が予備でなくなり、気づいた時には立派な頭数にカウントされてしまっていた。それは秋山の営業所だけの話ではなく昭和街送全体の話であった。

　その結果、車両は傷と凹みだらけで多少ぶつけても分からないといった有様であった。

「このままでいいんですか？」

　あの太田という男は言っていた。いい理由はなかった。このままでは会社からどんどん人がいなくなっていく。下手をすれば労務倒産という事態にもなりかねない。たしかに、支社長や社長が言うように帝国急輪を傘下に収めれば、この消耗戦のような値引き合戦は終わるであろう。だが、帝国急輪とて昨今の個人宅配の急増という追い風に乗って、経常利益の増加幅は年々増えている。油断できない存在であり、昭和街送が安心できる独走状態にいるというのでもなかった。

　まあどちらにしてもあと一年か。

　秋山はそうも思う。太田が聞いたら卑怯だと思われるかもしれないが、事実そうなのだからしょうがない。六十歳を定年と決めたのは秋山ではない。時間は秋山がどう考えようが平等に流れてくれる。無難にこの一年過ごせればいいではないか。ここは大人にならなければいけない。それに、ここまでお世話になった会社でもある。「はい分かりました」「すみません」それだけ言っていればいいではないか。理不尽なことも目を瞑ってやっていればいいではないか。目立たなくしていればジジイ狩りだって回避できるはずだ。そうすれば一年後には自由の身と退職金が入るではないか。貯えも少しあるし企業年金もやってきたから、アルバイトでもやっていけばなんとかなるはずだ。ここまで支えてきてくれた雅子にも何かしらの恩返しができるはずだ。

雅子……。

「いざという時その子たちを守ってあげればいい」

雅子がそう言っていたのを秋山はふと思い出した。すると自分が今考えていたことが突然に薄汚く感じられた。若い者たちが自分のことをそっちのけにして助けてくれている。

俺はこのままでいいのか……。

会議の間、秋山は幾度か自分に問いかけていた。

「それではこれを持ちまして本日の全体会議を終了したいと思います」

総務課課長村上の掠れた声であった。

「支社長のご高話の際に『このままでいいんですか?』などと言った者がいましたが、皆さんあれをどう思いましたか。いい理由はないですよね。もっと荷物を増やして、もっとコストカットをしていかなければいけないですよね。そうしなければ経常利益増えないですよね。増えなければ帝国急輸買収できないでしょ。うっかりしてると逆に買収されちゃいますよ。いわゆるM&Aです。他人事じゃないですよ、潰れちゃいますよ、うちの会社。このままじゃ駄目なんです、ガンガン成長していかなければ、右肩上がりに。絶対崩しちゃダメなんですよねえ、秋山さん。今回、初めての会議でしたけど、そう思うでしょ？　皆さん、秋山さんは勤続三十五年、昭和街送を支えてきてくれたレジェンドです。今の社長と同期だそうです。同じ釜の飯を食った仲だと聞いています。秋山さんからも一言お願いしますよ、若い者たちに。このままじゃ駄目なんだと！」

村上は秋山を見つめる。会議場にいる者皆が秋山に注目した。課長たちや支社長も秋山を見ている。

これが娘の言っていた無茶振りというやつかと秋山はその時初めて知った。気を利かせたつもりなのかおべっか使いみたいな奴がマイクまで持ってきやがった。

「秋山さんその場で結構なのでご起立いただいて一言お願いします。若い者たちにビシッと、お願いします」村上はキラキラした目で秋山を煽る。

促されてやむなく秋山は立ち上がる。

隣にいる三田を見ると下を見たまま肩を震わせている。横顔がどう見ても笑いをこらえていやがる。

一言といっても何を話したものかと思う。

これだけ多くの人間の前で何かを話すのは、一運転手にしかすぎない秋山にはほとんどない経験だった。実に娘の結婚式以来だ。だが不思議と緊張はなかった。皆が座ったまま視線を送っている。

社長とは確かに同期で一緒に働いていたがと思いながら、場違いにも秋山はふともう一人の同期である西城のことを思い出した。西城が事故を起こしたあと、営業所を去る時に言っていたことが頭を過ぎると同時に言葉に出していた。

「何をおいても、自分が生かしてもらっているという現実を受け止める」秋山はそれだけ言うとマイクをおべっか使いに渡し席に着いてしまった。

会議場は静まり返ってしまい、村上も顔を引き攣らせている。隣の三田などは信じられないというような顔をして身をのけ反らせている。これは娘の言っていたドン引きというやつに違いない。でも清々しいものが秋山の胸に去来していた。

「と、とても含蓄のあるお言葉でした。あ、ありがとうございます秋山さん。いいですか皆さん、秋山さんが言いたかったのは現状に甘えていてはいけない、さらなる高みを目指せということですね。ええ、それでは、これをもちまして支社全体会議を終了いたします。起立！」

秋山の初めての全体会議は多少の波乱がありながらもこうして無事に終了した。

その日、定年まで残り九カ月ほどだった。

定年の日まで二五一日

「結婚。成美ちゃんが？　もうそんなかい」

秋山はその日、配達エリア内の四十棟からなる公営団地の一番南側にある棟に配達に来ていた。この棟の隣には保育園が併設されていて、秋山が今いる五階にまで外遊びをしている子供たちの声が聞こえてくる。

「そうよ、まだまだ子供だと思っていたら早いものよね。で、結婚式で着るのが今秋山さんが運んできてくれたこの着物ってわけ」そう秋山に話す穂積千鶴は時間指定に間に合わせるべく近所のパート先から昼休みで帰ってきたところだった。事務服姿のままだ。

「へえー、成美ちゃんの晴れ着を届けられるなんて光栄だね」秋山は今自分が運んできた荷物に特別な意味を感じながらもう一度見た。

「秋山さん覚えてるかどうか分からないけど中学校の制服も、高校の制服も秋山さんが運んできてくれたのよ。我が家の場合、節目、節目は秋山さんが来てくれるのね。成美の子供が生まれる時も秋山さんがなんか運んできてくれるんだわ、きっと」

「だとすると、成美ちゃんあと九カ月以内に出産だ」

「え、なんで」

「俺、あと九カ月で定年なんだよ」

「え、嘘でしょ。といっても、そうよね。あたしたち夫婦が結婚して、ここの団地に来てちょうど二十五年になるけど、その時から秋山さんいたもんね。あの頃はこの五階まで重たい荷物を二個も三個も担いできてたもんね。華奢だけどずいぶん力のある人だと思ったわよ。でも、そう考えるとお互いにお爺さんお婆さんになったわよね」と穂積は自分の肩を揉みながら言った。

「成美ちゃんが幼稚園の頃、幼稚園バスとうちのトラックの停まる所が被ってたから、よく話しかけてきてくれたもんな。『ねえ、あたしのうちに、今日は荷物ある?』って毎日訊いてきたもんな」

「そんなこともあったわね。昭和街送さんの桃色のトラックが停まる度に駆けていって……。あ！　秋山さん、今日は時間大丈夫なの?」

「やべえ、こんな時間だ。どうも千鶴さんとこ来ると話しこんじゃう。で、出す荷物もあるんでしょ?」

「そう。ごめんね、忙しいのに。いつものよ」

穂積は奥に行って伝票の貼られた段ボールを抱えて戻ってきた。

「いつもの所だね」秋山はサイズを測り金額を伝えながら伝票に書き込む。

「ええ」

穂積は釣銭のないようにちょうど用意すると秋山に手渡した。すると秋山の携帯電話がけたたましく鳴りだす。

「あ、電話だ。それじゃあ成美ちゃんにもよろしく伝えといて」秋山がそう言いながら帰ろうとすると、穂積は「ちょっと待って」と言ってすぐ近くにある冷蔵庫から缶コーヒーを出してきて秋山に差し出す。

「いいよ。いつも」秋山が断る。

「いいの、いいの。こんなんでいつも悪いんだけど持っていって」と穂積も譲らない。

秋山は「いつもスイマセン」と言いながら受け取ると一礼して階段を駆け下りていった。

秋山はその日の午後、アパート二階部分の共用廊下で三十歳前後の男と話し込んでいた。

「ねえ、秋山さん。十二時ちょうどは午前中？　それとも午後？」

「うーん」と、しばらく考えた末に秋山は「午前中じゃないですかね」と苦笑いで答える。

「でも、十二時になったらテレビでも時報みたいの鳴らない？」

「そうですね。プ、プ、プ、ポーンて、やつですよね」

「そう、ポーンて。あれって午後だよ、ていうことじゃないの？」

「ああ、そうなのかなあ。午前中終わるよ、ということかと思ってました」

「そういう解釈もあるか。まあどっちでもいいけど、昭和街送さん、一体どうしちゃったんですか」

「何がですか？」

「最近、配達来るの遅すぎません？　午前中指定にしてるんだから少なくとも十一時前には来てくれないと僕困るんですよね。忙しいんだから。今日だって宇佐美君が来たの十一時五十九分ですよ。しかも宇佐美君、おっちょこちょいだから最初違う家の荷物持ってくるし。実際に自分の荷物受け取った時には十二時過ぎてました。これじゃ午前中指定にしている意味ないんだよね」そう秋山にぼやいたのは昭和街送港北第三営業所でSランクのクレーマーとして名を馳せている竹中和久であった。秋山は今その玄関先にいる。

　竹中からの本日のクレームは時間指定が守られていないというもので、わざわざ昭和街送の本社にまで電話された次第だ。本社から県支社長、課長、広域ブロック長、ブロック長と降りてきて最後に現場責任者である秋山のところに回ってきた。秋山は火消しのために竹中に電話してお詫びをすると、この日の午後三時に来いとのことで配達を後回しにして竹中のアパートに来ていた。

　今月に入り竹中のクレームは既に二回目。一回目は配達に来た西野がインターホンを押してすぐ不在票を入れて帰ったというものだった。クレームの多い西野だけに配達に行った時の状況を聞くと、西野も竹中がクレーマーだと分かっているのでインターホンを三回鳴らしてしばらく待っていたが、応答がないのでやむなく帰ったということだった。時間にして三分ぐらいは待ったという。

インターホンを最初に押してから三分というのは、この多忙な昭和街送において破格の待ち時間なので西野にしては上出来だった。秋山は今月一回目のクレームで竹中に呼び出された時、そのことを説明した。

だが竹中は容易に納得しなかった。

「インターホンが鳴っていたのは気づいたけど三分じゃ出れないよ。こっちはその時、ちょうどボスをみんなで討伐してたんだから」と、竹中は口を尖らせた。

「それでは何分ぐらいお待ちしていればいいのですか？」と秋山はやや呆れ気味に訊いたのだった。

「それは僕がボスを討伐するまでだよ」と驚きの返答が返ってきた。

竹中はいわゆるネトゲ廃人で、二十四時間のうち睡眠時間以外はほぼゲームをしている。ただ、午後の三時から四時はゲームから離席して現実の世界に戻ってくる。そして大概、その時間にクレームで呼びつけるのであった。

「三分以上は待てないですよ。せめてインターホンには出ていただかないと！」

その日、秋山はそうは言わなかった。そんなことを言おうものなら竹中の性格からすると火に油を注ぐことになる。

秋山はその日こう言った。

「でも、ライジンさん強いからすぐ討伐できちゃったんでしょ？」

ライジンとは竹中のゲーム内での名前である。

「まあね。結局、ヘドロヘデス（ボスの名前）に僕の攻撃しか効いてなかったんだけど、四分で倒したよ」と竹中は上機嫌かつ早口に言いだした。

「そうですか、四分でしたか。惜しかった。あと一分でしたね。三分じゃさすがのライジンさんも無理ですよね」と秋山は同情したように言うのであった。

「いや、もう少しレベ上げして、太古の剣を手に入れれば三分で行けると思うよ」

「太古の剣！」アイテム名が出てきたら、それを驚いた顔で復唱するのが竹中攻略のコツである。

「そう、太古の剣。もう少しゴールド貯めれば買えるんだよね。今、二千六百万ゴールド貯めたから、あと四百万。希代の剣を売って二百万ゴールドでしょ。二十ゴールド確実に落とすポイラックを黄昏の谷で十万匹倒せばそれで終わるんだけどね」と竹中の早口はギアが上がっていくのだった。

「ライジンさんならすぐですよ。今度は三分で倒せますよ」と秋山は持ち上げた。

「そうだね。倒せると思う。次回は三分待っていてくれれば大丈夫だと思うよ……」

竹中を持ち上げながら話をゲームのほうに持っていくのが竹中討伐のポイントであった。それを秋山に教えてくれたのは宇佐美で、今日はその宇佐美のクレームを処理しに来ている。午前、午後の話題からどうゲームの方向に持っていくか秋山は頭を巡らせていた。するると竹中から思わぬことを言われた。

「今日はさあ、宇佐美君がどうのとか言うつもりで秋山さんを呼んだわけじゃないんだよね」

「と言いますと？」秋山は話を促す。

「もう昭和街送さんキャパオーバーなんじゃない？」竹中は独特の高い声で早口にそう言った。

「キャパオーバー？」

　秋山は迂闊にもアイテム名でもないのに、興味ありげな顔で竹中の言った言葉を繰り返してしまった。竹中が一瞬ニヤッと頰を崩したのが秋山にも分かった。

　竹中は上唇を舌で濡らす。竹中の癖でここから一気にまくし立ててくる前兆だ。秋山は半歩退いて身構える。竹中は大きく息を吸ってから話しだした。

「一年ぐらい前まではさあ、僕の家にいろんな運送会社さんが来てたの。それが最近、昭和街送さんがほとんどで、たまに帝国急輸が来るぐらいなんだよね。僕、よくゲームのキャラクターグッズをネットで注文してるんだけど、だいたい同じ会社から購入してるのね。そこからの物ってずっと武蔵急運が配達してたけど、半年前ぐらいから突然昭和街送になったんだよね。たぶん、運賃が安いから昭和街送になったとか、そういったコスト面の事情かと思うんだけど。でもね、そういう運送会社の鞍替えって、キャラクターグッズだけの話じゃないんだよね。ゲームの攻略本もそう。キャラクターの衣装とかもそう。みんな昭和街送さんに鞍替えしてるんだよね。一消費者としてはどこの運送会社で来ようが構わないんだけど。たださあ、なんでもかんでも昭和街送さんになって、それで昭和街送さんがちゃんと配達できるならありだけど、最近の昭和街送さん傍から見てて、もうキャパオーバーなんじゃない？　そんな印象受けるんだよね。よく来る宇佐美君にしても福岡さんにしても西野君にしても必死だもんね。汗だくで顔真っ赤だし。それでね、今日秋山さんに言いたいのは、昭和街送さんは荷物増やすことに歯止めが効かなくなってるんじゃないのってこと。それじゃあ僕たちネトゲ廃人と同じじゃんってこと」そこでようやく竹中は呼吸をする。まさに怒濤の口撃だった。秋山のライフゲージはもう半分以下だ。

秋山が、申し訳ありませんと言おうとするのも待たず、さらに竹中は話しだした。エンジンがかかってきたようだ。こうなってはもう、最後まで聞いているしかない。

「依存症とかいうけど、それって酒とかタバコとか薬とかゲームだけの話じゃないと思うんだよね。うちらもさあ、最初は一時間二時間しかゲームやってなかったんだけど、最近じゃあほぼ起きてる時はゲームやってるわけね。そうするとさあ少しでもゲームやらないと不安になっちゃうんだよね。風呂入ってる間にもレアボスが出現するんじゃないかとか、みんなでイベントに参加してるんじゃないかとか不安になってとにかくオンしたいわけ。昭和街送さんも心理状態ではうちらと同じでしょ。荷物増やし続けてるから少しでも増えない月とか年とかがあると不安になっちゃうんでしょ。それって、もう依存症だと思うんだよね。中毒になってるよ。それに昭和街送の人たちは気づいてるのかなあと思って。このままでいいんですか？　と思って。それで秋山さんを呼んだわけですよ」そこでようやく竹中の口撃は終了した。

「おっしゃる通りだと思います。持ち帰って上とも相談したいと思います」

ゲームオーバー。この日は竹中の圧勝に終わった。いつも筋の通らない難癖をつけてくる竹中にしては、今日はなかなか的を射ているような気がした。

たしかに今の昭和街送は成長ということに中毒になっていた。企業の成長は本来、より顧客の満足度を高め、その企業で働く従業員の生活を豊かにする。さらに株式会社であれば株主に利益をもたらすためになされるものであり、それこそ企業が社会的に存在する価値の大きな一面であるはずだ。何パーセント成長というのはその目的を達成するための目標でしかないはずだった。

ところがいつの間にかその目的は失われ、目標達成だけが全てになってしまっていた。

その結果、人員に対して明らかに過剰な荷物量により、荷物は雑に扱われ約束している時間などもうあってないようなものになりつつあった。口では「顧客第一」「安全第一」と昭和街送幹部は言っているが、そのための人員や車両は経費削減の名目のもとカットされ続けていた。

その皺寄せのほぼ全てが、昭和街送の場合、現場にのしかかるのであった。

その結果、体を壊すものや精神を病む者まで出てくる始末で、一年続けばベテランと言えるぐらいまで離職率が上がっている。もちろん、そんなことは公表されないのだが。

秋山は竹中の口束を逃れると、帰りの車で竹中の言葉を反芻していた。

このままでいいんですか？　竹中もそう言っていた。

「まあいっか！」

秋山は一人そう呟いてみたが、「いいわけないいな」と自分の言葉を自分で否定した。

定年の日まで二三八日

営業所の自動ドアが開く音がした。すぐに冴木が自身の席から立ち上がり受付に行く。

「伝票はこれからですか？　ではこちらをご記入ください」

冴木の声がパーテーション越しに聞こえてくる。と、同時に営業所の電話が鳴ると電話を取りに戻ってきた。

冴木は荷物を出しに来たお客さんが伝票を書いている間に、クレームの電話に対応しだした。手元では破損した荷物の経費精算の書類を書いている。冴木の机の上には伝票や書類が幾重にも敷き詰められ、彼女が一体何件の仕事を同時にこなしているのかは本人しか知る由もない。

そんな冴木の隣では、秋山がアロハシャツと短パン姿で営業所のパソコンの前で頭を抱えていた。

「無理だ！　人員が足りなすぎる。それなのにもっと荷物を増やせとは、食べきれないのに、ご飯をもっとおかわりしろと言ってるようなものだ！」と、こちらも本人にしか分からなさそうなたとえでぼやきまくっていた。

昭和街送において所長の重要な職務の一つに所員の労働時間の管理がある。労働時間を均等化するとともに、法律の範囲内に留めなければならない。人員が不足しているにもかかわらず荷物だけが増えていく現状で、この労働時間のやりくりは非常に困難を極めた。

現状ではパート社員の福岡綾乃の時間が法違反スレスレまで来ている。今日は十四時までに絶対に帰らせなければならない。

そんなことを秋山が考えているとトラックが一台帰ってきた音がする。時計を見ると十三時だ。福岡であればよいがと秋山が事務所から構内に出ると、幸いにも「福岡綾乃」のネームプレートが見えた。

「綾ちゃん。悪いんだけど今日、二時で帰ってくれる？　時間がヤバい」秋山が荷台で伝票の整理をしている福岡にそう声を掛けた。

「はあーい。で、退勤打ったら、あたし誰の横に乗ればいいの？」

福岡は海に行ってきたような姿の秋山を見ながら尋ねた。休みなのに闇出勤しているのが一目瞭然だが今更言葉に出すまでもない。昭和街送ではよくある光景だからだ。前任の所長だった熊沢などはパジャマのまま闇出勤していたこともある。

「誰の横？　誰の横にも乗らなくてもいいよ。帰っていいよ。子供たち待ってるでしょ」

秋山は福岡の顔を不思議そうに見る。

「え、本当に？　帰っていいのは嬉しいけど午後から一台減らして、配達終わらないでしょ」

「今日は日曜日だからなんとかなるだろう。会社関係はほとんど休みだから集荷もないし。最悪は俺が誰かの横に乗るよ」秋山は至極当然な表情でいたが福岡は腑に落ちないという顔をしている。

「秋山さん、やっぱり熊沢君とはちょっと違うんだね。熊沢君だったら『お願い綾ちゃん』とか言って、退勤打ったあとによく誰かの横に乗って配達させられてたからねえ」

「そんなことさせられてたの。綾ちゃんパート社員だから時給でしょ」

「そうだよ。でも荷物いっぱい残ってるのにあたしだけ帰れないじゃん」

「……」初めて知る事実に秋山は驚きを隠せない。

たしかに、誰かの横に乗っている福岡の姿を何度か見たが、秋山は自分が忙しいので深くは考えなかった。

それにしてもと思う。昭和街送ではサービス残業、闇出勤は当たり前のことどころか、美徳にすらなりつつある。だが、一時間いくらで給料をもらっているアルバイト契約の者にまでそれを押し付けるのは、間違っているのを通り越して病んでるとしか言えなかった。

「そういうのは、やめよう。限がないよ。綾ちゃんだってまだ下の子は一歳だろ。帰れる時は帰ってあげなよ」秋山ははっきりした口調で躊躇している福岡を促す。

福岡は一瞬虚を衝かれたように目を見開いたが、すぐにその目を細めて笑うと「ありがとう。じゃあ甘えちゃいます」と言って荷台を片付け始めた。

福岡綾乃は港北第三営業所の中で紅一点のドライバーだった。女性のドライバーは全国的にも少ない。やはり力仕事であり体力勝負の側面が強いこの宅配業において、女性はなかなか厳しいと思われがちだからだ。

ところが、福岡の集配スピードは営業所随一であった。見た目は普通の女性にしか見えない。どちらかといえば華奢なほうだろう。

だが、どこにそんな力があるのか、三十キロの米だろうが水二ケースだろうが軽々と持ち階段を駆け上がっていく。本人は体を動かすのが好きだから大丈夫だという。今日も一番多い配達個数を一番最初に終わらせて帰ってきていた。

秋山が事務所に戻ってパソコンの前に座ってほどなくして、「じゃあ、お疲れ様です」と快活に手を振って自転車に乗りさっさと帰っていってしまった。とにかく行動が速い。

福岡のスピードの原動力かどうかは分からないが、彼女には三人の子供がいる。上から六歳・四歳・一歳。男・女・男の順番だ。その子たちのために福岡は働くのであったが、家に帰れば亭主もいる。

亭主は足が不自由であった。福岡の家は配達エリア内にある電器屋さんなので、秋山も福岡の店舗兼住宅に配達に行ったこともあるし亭主とも面識がある。亭主は車椅子で店先まで出て「いつも家内がお世話になってます」と言いながら荷物を受け取ってくれる。気さくな性格のようで配達に来る妻の同僚に二言三言何かしら話しては、お茶のペットボトルを差し出してくれるのが常であった。

暮らし向きは豊かであるとは言えないかもしれないが幸せそうな一家であった。おそらく夫婦の明るい性分がそう見せるのであろう。

福岡を帰したその日、結局何ともならず秋山は午後から制服に着替えて、前任所長熊沢が運転するトラックの助手席に乗っていた。遠方からの荷物は午後到着するのだが、それが尋常ではない量だったのだ。

　福岡を帰した分、残されたメンバーの配達荷物は増え、配達エリアは広がる。考えた末、福岡の担当していたエリアの大部分を配達の速い熊沢に引き継がせたが、さすがに熊沢といえども二人分は厳しいので秋山が熊沢の横に乗る作戦となった。

　新旧の所長コンビは二人で走り回ったせいか、午後八時には配達の目途が立っていた。この分なら九時には終わりそうだ。

　秋山と熊沢がマンションの前にトラックを停めて荷物を台車に山積みにしていると、「お疲れ様です。これ差し入れ」と言ってペットボトルのお茶を差し出す女性がいる。見るとそれは昼に帰ったはずの福岡であった。一番上の子供であろう男の子も連れている。

「ああ誰かと思ったら綾ちゃんか、こんな時間にこんな所で何やってるの」秋山と熊沢はショッピングバッグを抱えている福岡に目を見張る。

「ポスティングのバイトだよ」福岡は暗闇に明かりが点いたように屈託のない笑みを浮かべる。

「うちの仕事以外にも仕事やってるんだ」秋山も熊沢もそんな事実を知らなかったので驚きを隠せない。

　秋山は昭和街送の仕事だけでも手一杯だというのに、その上ほかの仕事などやろうと思っても体が動かない。それにもかかわらず福岡は散歩でもするかのように重そうなショッピングバッグを抱えている。

お互いにそれほど時間もないので、その後三人は二言三言話してから別れた。

午後九時少し前に秋山と熊沢のコンビはその日の配達をどうにか終えて、営業所へ戻ることとした。二人で福岡からもらったペットボトルのお茶を飲む。熊沢が運転し秋山が助手席に座る。

「秋山さん、午後からオフになった日って家帰ったら何してますか」熊沢は運転しながらふとそんな質問を投げかけてきた。

「そりゃあ寝てるか、飲んでるかだな」秋山は普段の自分の行動を思い出す。

「そうですよね。それなのに綾ちゃんときたら、うちの仕事終わったあとも働いてるなんて偉すぎますよね。なんか俺、知らなかったとはいえ悪いことしてたなあと思って」

見ると熊沢は後悔と反省を張り付けたような顔をしていた。

「ああ聞いたよ。綾ちゃんにもサビ残してもらってたんだって」秋山は福岡との昼の会話を思い出していた。

「ええ。労働時間がどうにも足りなくてお願いしちゃってたんですけど。上に怒られるのが怖くて、守らなければいけない人を守らず、自分を守ることだけを考えてました。こんなんだから浮気もされちゃうんでしょうね、俺」

熊沢は顔に滴る汗をダッシュボードに置かれたタオルで拭う。いい表情をしている。

「お前が悪いんじゃないよ」

秋山は熊沢にそんな言葉を、同情ではなく投げかけていた。

誰が悪いんでもない。うちの営業所の人間は皆一生懸命に働いて、正直に生きている。後ろ指さされるような奴なんて誰一人としていない。今更ながら秋山はそう思う。二人の間に沈黙が落ちる。

熊沢は奥さんの浮気相手を殴ったあと、次の日には釈放された。相手は自身の不貞を認め熊沢を告訴せず、警察も事情を鑑みて厳重注意で収めてくれたのだった。ただ、勤務中での出来事だったため、社内的に一週間の謹慎処分と所長降格は免れなかった。

しかし、まだ子供のいない熊沢だ。奥さんとの仲に修復不可能な蟠りが生じているに違いないと秋山は心配していた。熊沢自身の口からも奥さんとのことは一切出てこない。それゆえに誰も触れられずに数カ月が過ぎていた。

秋山は腹の中のものを出してスッキリしちまえと言わんばかりに、

「奥さんとはどうするんだ」と熊沢に尋ねた。

熊沢は自嘲すると、一つ大きく息を吐きだす。

「頭に血がのぼって浮気相手を殴った時のことなんですけど、うちのやつが、俺にこう言ったんです」

「うん」秋山は静かに頷く。

「『この人とは付き合ってみたけど何もなかったの。本当に好きなのはやっぱり涼介なの』って言うんですよ」

熊沢は誰に対してか鼻で笑う。

「ホテルから出て来た時にか」

苦しい言い訳だ。相当な修羅場だったのだろう。奥さんなりに収拾しようという焦りからのものに違いないが、「天然」だという奥さんらしいといえばらしい言い訳だ。俺ならその場で別れる決断をしただろうと秋山は思う。

そこで、熊沢はギアを三速から四速へとシフトアップするとトラックを加速させた。エンジンが唸り声を上げる。

「何もなかったんなら、いいかなあと思って」熊沢は照れくさそうにそう言った。

え！

秋山は思わず隣にいる熊沢を見据える。当の熊沢は何とも言えないくらいに幸せそうな笑みを湛えているじゃないか。

もしかして信じるのか？　奥さんの言葉。浮気相手と手繋いで出てきたんじゃなかったっけ。

秋山は口にこそ出さなかったが驚きを隠せずにいると、熊沢は面映ゆそうに身をくねらせだす。

「やっぱり、うちのやつ俺のことが好きみたいで、へへへ」

「そ、そうか、そうだよな。愛されてていいなあ、熊沢」秋山もどうにか幸せそうな顔を作る。

「いやー、それほどでも」

熊沢は照れながら頭に手をやる。

「おいおい、ちゃんと前見ろよ、この幸せ者」

「へへへー」

奥さんのことを天然だと言っていたが、天然なのはむしろ熊沢のほうなのではないのか？

秋山はそう訝りながらも、それで夫婦仲が元に戻るのならいいのかとも思った。

秋山はそんな熊沢から外に目をやる。今さっき配達してきたマンションがはるか遠くに見えた。トラックはいつの間にか虫の音が騒がしい山道を走っていた。毎年、何度となく聞いた音だった。

「最後の夏か」

秋山は虫の音を聞きながら、一人呟いた。

翌日も身が焼かれるように暑い。朝から既に三十度を超えている。昼頃には一体何度になるのか。

ドライバーたちは荷物を積み込むと各々出庫していくのだが、その前に事務所の所長デスクに行く。点呼執行者である秋山に健康状態と荷物量、日常点検の状況を申告しアルコールチェックも受けなければならないのだ。熊沢が所長だった頃には忙しさを理由に点呼も適当になっていたが、秋山が所長になってからは絶対にそれを許さなかった。

ドライバーたちは秋山の机の前に並んでいる。福岡の番が来た。

「秋山さん、おはよう。昨日はありがとね。おかげで、いろいろできて助かっちゃった」

「いやいや、こちらこそお茶ありがとう。それより綾ちゃん頑張るね。まさかあんな所で会うとは」

「週一回程度だから大したことないよ。それより今日多いんだよね」福岡は右手に持つポータブル端末を見ながら言う。

「いくつ?」荷物の個数を秋山は訊いた。

「二百三十個」

点呼記録簿に書きつけていた秋山のペンが止まる。

「多いね。終わったら手伝うよ。それより暑いから水分補給こまめにね」

「了解です。じゃあ行ってきます」そう笑顔で言うと福岡は自身のトラックへ小走りで向かった。

その日は今年一番の暑さを記録した日であった。長年、秋山はこの仕事をしているが年々暑くなっていくような気がする。水分と塩分の補給は絶対であり、怠(おこた)れば死も免れない。

この危険なほどの酷暑(こくしょ)の中でも、現場のドライバーたちは駆けずり回って配達しなければならない。暑いからといって荷物が減ることもなければ、配達が遅れても許されやしない。

昼の十二時をまわった頃だった。秋山の携帯電話が鳴った。見ると福岡が担当しているエリア名が表示されている。何か業務連絡だろうと秋山は電話に出る。

「お疲れ様。どうした？」秋山は汗をリストバンドに吸わせながら訊く。

「……。秋山さん助けて。頭が痛くて、手が震える……」福岡らしくもない弱弱しい声だった。秋山の脳裏に熱中症の言葉が浮かぶ。

「すぐ行く!!」

秋山が駆けつけると、福岡は意識こそあるものの既に立つことができない状態であった。汗のかき方も尋常ではない。秋山はすぐに救急車を呼び、ブロック長である都賀谷(つがや)にヘルプを求めた。救急車と都賀谷はほぼ同時に到着し、都賀谷が搬送される福岡と一緒に病院に向かった。

秋山は福岡が残した荷物を配達しなければならない。だが、秋山が荷台を確認すると、それほど残っていなかった。責任感の強い福岡は熱中症に苦しみながらもギリギリまで配達を続けたのだろう。

秋山はその日、配達を終えると福岡の家に都賀谷と訪問した。

迎えてくれたのは福岡の亭主であった。福岡は幸い大事には至らず、病院から帰されてから眠ってしまっているということだった。

秋山と都賀谷は深々と頭を下げ謝意を述べると福岡の容体を尋ねた。

「お陰様で大丈夫です。さすがに明日の出勤は厳しそうですが、本人もだいぶ反省しているようなので勘弁してやってください」と亭主に逆に謝られてしまった。

「いや、勘弁だなんて。お詫びをしなければならないのはこちらのほうですから。配慮が足りませんでした」秋山と都賀谷が再び頭を下げる。

するとと慌てて亭主が手を振る。

「お二人とも頭を上げてください。熱中症は自己管理のものだと思っていますから。それに、こちらは使っていただいている身分ですから」亭主がそんなことを言った時だった。

突然ジャージ姿の福岡が玄関先に現れた。福岡の後ろには三人の子供たちが心配そうに立っている。

「綾ちゃん！　寝てなくて大丈夫なの」

秋山が咄嗟に身を乗り出す。

「うん大丈夫。それより今日はごめんなさい。秋山さんが助けに来てくれなかったらやばかったかも」福岡は辛そうながらも無理に笑う。

「いや、むしろ無理させちゃって申し訳ない」

「そんなことないです。働かせてもらってるのにみんなに迷惑かけちゃって……」福岡はそう言うとボロボロとその場に泣き崩れてしまった。福岡のすすり泣く声が店内に響いていた。亭主が福岡の背中を優しく摩る。

秋山も都賀谷も言葉がなかった。


二人は福岡の家を辞すると営業所に戻った。

秋山は自身の机の上で手を組むと、アイボリーの天板に照明の光が映り込む。机の上に書類がほとんどないことに気づいた。左端を見ると全て処理されている。冴木が気を利かせてやってくれたのだろう。

都賀谷がその冴木が昼間座っていた席に腰を降ろすと、体だけ秋山のほうに向けた。

「とりあえず大事に至らなくてよかったです。あの綾ちゃんが熱中症になるとは思いませんでした」秋山と二人だけになった営業所で都賀谷はそんなことを言いだした。

「うん。無理してたのかもな。まだ若いとはいえ、女性であれだけの量を毎日、男並みに配達するのは並大抵の苦労じゃないのかもしれないな」秋山も自分の考えの甘さを認識せずにはいられなかった。

「働かせてもらってるって言ってましたね。ご主人も綾ちゃんも。僕はあの言葉がグサリときちゃって」都賀谷は表情を硬くした。

「ああ。言ってた」秋山は思い出して頷く。

「働いてやってるとまでは思わないけど、僕たちは働かせてもらってるんですかね？」

「どっちなんだろうな。どちらにしても今のこの会社の現状は度を越えているよ！」

秋山の声は自然と大きくなっていた。

定年の日まで二二七日

十年に一度の勢力といわれる台風は進路を変えることなく関東へも上陸した。

朝からの雨と風は時間が経つごとに強さを増していく。

午前十一時、秋山は全身ずぶ濡れになりながら一件配達を終え、トラックに乗り込んだ。

エンジンをかけ水滴でぼやけるサイドミラーを頼りに慎重にトラックを動かす。

ワイパーの作動もまったく追いつかない。キャビンの屋根に叩きつける雨音は聴覚をも奪う。

その時、何か腹部に振動を感じた。腹が減ったのだろうか。いや違う。携帯の着信だ。秋山は慌てて(あわ)トラックを停める。いつの間にかマナーモードになっていたらしい。濡れた手で滑り落としそうになりながら画面を見ると事務所からだ。秋山は手の平をズボンで拭(ぬぐ)うと電話に出た。

「秋山さん、大変です！　う、宇佐美(うさみ)君が逮捕されました」

冴木(さえき)の泣きだしそうな声だった。

「宇佐美が逮捕？　最初から分かるように言うんだ冴木。あのおっちょこちょい、今度は何をやらかしたんだ」

秋山は自身も落ち着くように深呼吸を二回ほどする。

「秋山さん、みんなの湯を知ってますよね」

「ああもちろん、スーパー銭湯のだろ」

「そうです。その裏がなだらかな長い坂になっているのも知ってますよね」

「ああ、それこそ中古車屋の前の坂だろ」

「そうです。宇佐美君がその中古車屋に配達のため、坂の途中に車を停めたそうなんですが、車を降りてしばらくしてトラックが坂を下っていってしまって」

「まさか」

「そのまま坂の下にあったみんなの湯に突っ込んじゃったんです」

秋山の脳裏に三十年前の事故の光景が浮かぶ。

「怪我人は」

「幸い誰もいなかったようです」

「な、亡くなられた方とかも」

「それも、大丈夫です」

「みんなの湯の被害は」

秋山は矢継ぎ早に冴木に問う。

「浴場にトラックごと突っ込んじゃったそうで、とても営業できるような状態ではないそうです。しかも女湯。今もうちのピンクのトラックが湯船に突っ込んでいるそうです。宇佐美君、何度か秋山さんに電話したみたいなんですけど繋(つな)がらなかったそうで、今ブロック長が現場に行っています」

「ごめんマナーモードになっていた。それで、なんで宇佐美は捕まったんだ」

「よく分かりませんけど、住居侵入罪・軽犯罪法違反・迷惑防止条例違反・建造物損壊・道路交通法違反のどれかか、全部の現行犯だと思います」

「そんなに罪状が並ぶと凶悪犯みたいで宇佐美にも箔が付くな」秋山はおよそ場違いなことを言う。

「秋山さん冗談言ってる場合じゃないですよ！」冴木がいつもの元気を取り戻し、しっかり突っ込む。

「ごめん。配達を中断して宇佐美の所に向かうよ」

「お願いします」


その日の晩、宇佐美の勾留は解かれ営業所に戻ることができた。怪我人がいなかったことが本当に奇跡に近かった。

営業所の奥。普段はドライバーたちが控え室として使っている部屋で、今回の事故をひき起こした宇佐美、所長の秋山、ブロック長の都賀谷、そして支社から来ている交通事故対策課の課長伊集誠の四人が、人数のわりに大きすぎるテーブルを囲んでいた。

伊集は以前、この港北第三営業所を含む港北エリアの広域ブロック長をやっていたこともあり、秋山や都賀谷とも面識がある。ただそれは十年以上も前の話なので今年三年目の宇佐美とは初めて会うことになる。

項垂れる宇佐美。強く握られた拳は小刻みに震えている。それは、起こしてしまった事故の重大さからなのか、それとも厳しい表情で宇佐美を見据える伊集に慄いてのことなのか。

伊集は一見その筋の人間かと思わせるような風貌をしている。人相があまり良くないところに、ここ最近体重が増したせいで一層すごみも増していた。

宇佐美が勾留中に都賀谷がまとめた事故報告書を伊集が黙読しだした。目を通しながら伊集が時折大きな溜め息をつくのだが、その度に宇佐美はピクッと反応する。

「それにしても伊集、お前太りすぎだぞ」

この重苦しい空気を打破したのは秋山であった。

事故当時者は宇佐美であるが、その上司にあたる秋山が開口一番に言う言葉ではなかった。それだけに宇佐美が驚きの目で隣の秋山を見る。これに伊集が切れるのではないかと、そっと目の前の伊集にも視線を向ける。伊集は腹の辺りを擦って書類から秋山に目を移した。

「そうですよね。ストレス太りです。ここにいた時より三十キロは増えてますよ」

伊集は風体に似合わず優しい声であった。

「事故対策課はやっぱり大変か」

「ええ」伊集は丸々とした顔を小さく下げた。どこか愛嬌がある。

「上は、事故が増えるのはお前の指導が悪いの一点張りですからね。これだけ、集配が忙しければ、そりゃあ事故も増えますよ。俺が言うことじゃないですけど」

「やっぱり事故は多いのか。この間の会議でも言ってたもんな」

「でも、あれは嘘ですよ。実際の数字はケタ違いです。まともに報告したら俺、支社長に飛ばされちゃいますからね。はっきり言って過去最悪の状況ですよ」伊集は妊婦のように腹を摩る。

「荷物の量と比例しているわけか」

秋山がその腹を見ながら訊いた。

「まあそうですね。荷物が増えても人や車を増やしてくれればいいんですけど、会社はそこは削る一方ですからね、当然の帰結です」

「矛盾だな。その矛盾にも慣れつつあるけど」

「そうですね。それにしても派手にやったね宇佐美君。こりゃ当分、トラックには乗せられないよ」伊集は宇佐美に目を移してそう言った。意外にも労るような優しい目であった。

宇佐美はその目に接すると今まで張りつめていたものが一気に崩れてしまった。

「僕、もう無理かもしれません……」

宇佐美は泣きながら言いだした。

「どういう意味だ」秋山は項垂れる宇佐美に訊く。

「現状でも、僕もう限界まで頑張ってるつもりです。今日も慌てて、坂道なのにギアも入れないで車から降りちゃって、サイドブレーキは引いてたんですけど、ズルズル車が動き出しちゃって……。すみません。このままじゃそのうち、もっと大変なことをしてしまいそうで……」

宇佐美がそう言うのはもっともだった。二カ月に一回は事故を起こす宇佐美だが、今まで対物事故で済んでいる。だが、これがいつ対人事故になってもおかしくはなかった。宇佐美の場合ある意味たまたま運がよかっただけだった。今回の事故もたまたまそこに人がいないだけの話だった。逆に、どんなに安全に配慮していても避けられない不運な事故もある。

宇佐美のすすり泣く声が室内に響く。外は日中の暴風雨が嘘のように静けさを取り戻していた。かすかな細雨(さいう)が窓を濡らしているだけだった。

そういえば、あの日もこんな雨が降っていたっけ……。

秋山は同期であり部下であった西城健(さいじょうたけし)が起こした事故を思い出していた。

三十年前の師走(しわす)、その日は朝から弱弱しい雨が降り、通勤通学のために家を出る者は雪にならなければよいがと一様に空を見上げていた。

その頃、昭和街送(しょうわがいそう)は大型百貨店からお歳暮(せいぼ)の荷物を軒(のき)並み受注し、過去最高の荷物量を更新していた。荷物とともに仲間が増え、車両も営業所も増え、給料も増えていくのがそこで働く社員たちも肌で感じられた。

そんな成長著しい昭和街送の中で秋山は新設された営業所の所長に抜擢され、所長として二年目を迎えたばかりであった。

実に秋山二十九歳。この年齢での所長は当時の昭和街送でも早い出世であった。ドライバー十八名。事務員三名。作業スタッフ五名の中規模の営業所である。

「タイヤのチェーン確認しとけよ」

ベテランドライバーたちは若手にそんなアドバイスをし、吐く息も白くなる中、去年よりも倍近く増えた荷物をトラックに積み込んでいた。皆が一様に目を輝かせて、キビキビと作業をこなしている。気温は十度にも満たないが濡れたシャツから蒸気が上がっている者もいる。会社もそこで働く者にも活力が漲っていた。

「悪いな西城、出てもらって」

秋山が手を合わせる。

「なんの、なんの、困った時はお互い様よ」

西城はその日、本来ならば休日であったのだが急遽出勤となった。ドライバーが一名、目を負傷してしまったからだ。

「慣れないエリアだから気をつけてな。まあ西城の運転なら大丈夫だろうけど」

「ああ。どこまでできるか分からないけどヘマやらかしたらごめんな。先に謝っておくよ」

「おう、何かあったら俺が全て責任取るから任しとけ」

「さすが秋山所長だ」

といっても繁忙期のため平月の二倍以上の荷物が来ている。地理不案内の西城が一人でやるにはかなり厳しい。結局、片方の目を負傷しているだけだからと本来走るはずのドライバーが横に乗ることとなった。

朝礼のあと、日常点検を終え、秋山は皆の点呼を取ると神棚に一礼し、最後に営業所から出庫した。まだ朝八時だ。

秋山が自身の配達地域のおよそ半分程度を終え、次の地域に向かう途中で無線が鳴った。無線は営業所からのものであった。

「秋山さん、大変！　西城君がうぐいす団地下の国道で事故。子供をはねてしまったらしいの、今、警察から電話が」音が途切れ途切れであったが、当時まだ昭和街送の事務員だった雅子の声が震えているのが無線からも伝わる。

「分かった。すぐ行く」

秋山は自身の配達を一旦中断して事故現場である国道へと向かった。

大した事故でなければよいが。

秋山はそう祈りながらも、焦る思いからか自然とアクセルを強く踏んでしまっていた。

自分がここで事故を起こしてもいけないと思い直し、気持ちを落ち着かせるべく速度を落とすが、また気づくとスピードが出てしまう。そんな葛藤を何度か繰り返しているうちに秋山は問題の国道へと入っていた。国道は大渋滞となっていた。焦る気持ちに拍車がかかる。

　事故現場近くになると警察官が交通誘導し、警察車両が数台いるのが分かった。救急車は被害者を乗せ病院に向かったようで既にそこにはない。規制線も張られている。やむを得ずトラックを脇道に停めて、現場へと続く登りになっている坂を秋山は無我夢中で走った。

　とにかく、全てが無事であってほしい。切に願わずにはいられなかった。

　秋山は荒い息のまま現場に着くと、次の瞬間、全身から血の気が引いていくのをありありと感じた。それは初めて接した光景だった。

　現場は凄惨を極め、国道に塗られた血痕は十メートル以上、その先に高熱で溶かされたかのように信じ難い形に曲がった子供用の自転車が置かれていた。被害者は子供だと聞いていたが、この大量の血痕の帯が本当に子供のものなのか。何もかもを秋山は否定したかった。

　だがこれが現実だといわんばかりに、見慣れた薄紅色のトラックが街路樹をなぎ倒し歩道で横転していた。キャビンは大きくひしゃげ、形をとどめていない。その手前で警察官に何かを訊かれている男の子。その子は蒼白の表情で事故現場を見ていた。

当日、子供の両親はなかなか現れなかった。父親は仕事だったそうだが、母親はパチンコ屋にいたそうだ。五歳の子を七歳の兄に任せて。

その後のことを秋山は自分でもどうしたのか覚えていない。気がつくと西城が運ばれた病院の待合室にいた。トラックを運転していた西城もまた事故の衝撃で意識不明の重体となっていた。秋山の座る椅子(いす)の正面には西城の奥さんと子供が不安そうに回復を待っていた。

後日、事故の概況が明らかになった。

片側三車線の国道を西城が運転するトラックは中央車線を走っていた。そこへ五歳の子供が運転する自転車が脇道から飛び出してきた。西城は避けようとハンドルを左に切るも避けられず子供を轢過(れきか)。子供は後続の車にも引きずられ、体は筆舌に尽くせないほどに損傷。その場で心肺停止が確認された。

一方で西城の運転するトラックは街路樹に突っ込み大破。衝撃で西城と同僚は車外に放り出され二人とも重傷を負う。

運転席にいた西城の怪我は特に酷(ひど)く、意識不明が一週間ほど続き誰もが駄目かと絶望しかけた時、奇跡的に意識を取り戻した。だが西城は左半身不随(ふずい)という重い後遺症を負うこととなった。

秋山は自ら責任を取る形で営業所長を辞した。だが、事故による子供の死と、左半身の自由を失い加害者にしてしまった西城への責任としてはないに等しかった。

「全ての責任は俺がとる」

秋山は事故の日の朝そう言った。だが、何もできなかった。

定年の日まで二二二日

秋山がドライバーたちのシフト表を作成していると、机上のアルコールチェッカーが小刻みに震えているのに気づいた。

営業所に轟音が近づいてくる。

「戦闘機が来た！」

事務机の上で冴木が耳を塞ぐ。

都賀谷ブロック長の登場である。こころなしか、今日は平時の音ではない。

戦闘機のような車から降りた男は敵のスナイパーに照準を合わされるのを恐れているかのように、物凄いスピードで営業所に駆け込んでくる。

「秋山さん大変です」都賀谷が血相を変えている。

「珍しいじゃないかブロック長が呼んでもないのに来るなんて」

秋山は皮肉たっぷりに言ってやる。

「そ、それが大変なんです」都賀谷はそれどころではないようだ。

「なんだよ、そんな深刻なふりして」

「ふりじゃないですよ、本当にヤバいんです」

「もう俺、大概のことじゃ驚かねえぞ。今度はなんなんだよ」

「秋山さん、太田圭吾って知ってます？」

都賀谷は周りを憚りながら訊いた。

「知らん」秋山はにべもなく答える。どちらが上司だか分からなくなってきた。都賀谷は秋山の机の上にある神棚に手を合わせると喋りだした。

「この間の全体会議で支社長に嚙みついた奴ですよ。会議の翌日に所長降ろされたらしいんですけど、その太田が今度ここに来るんですよ」

「ここって？」秋山は目を眇める。

「秋山さんのところで面倒見ろとのことです」

都賀谷は苦々しい顔をする。

「ふうーん、そうか。あいつ会社辞めなかったんだ。よかった、よかった」

敢えて都賀谷と反対に晴れやかな表情をしてやると、都賀谷は歯がゆそうにする。

「秋山さん、よく平気でいられますね。太田って今回支社長に嚙みついてましたけど、それ以前からもブロック長や人事課長にも嚙みついていたらしくて、相当ヤバい奴みたいなんですよ。労基に訴えるって周りに漏らしてるらしくて」さすがに、これには秋山も面喰らうだろうと、都賀谷は秋山の表情を窺う。

「へえー、面白い奴だな」

「ちょっと何言ってるんですか。秋山さん真剣に考えてくださいよ。ここの営業所で労基にさされたら秋山さんの身にも危険が及ぶんですよ。そしたら、秋山さん懲戒で退職金パーですよ、パー」都賀谷は両手の平を広げて強調した。

「オイオイ。ずいぶん、脅すなあ。俺は誰からも後ろ指さされるようなことはしてないぞ。宇佐美の事故以来、うちの営業所はサービス残業はさせていないつもりだ。この間の会議で支社長が言っていたことを無視してな」秋山はどうだと腕を組む。都賀谷は固まる。

「それはそれでヤバいけど……。でも、休憩は取れてないでしょ」

「取れてないな」

「本来なら八時間以上の労働では一時間以上の休憩を取らないといけないんですよ。そこを指摘されたら、秋山さん逮捕されますよ」都賀谷は両手を結んで前に差し出す。

「逮捕は大袈裟だな。そしたら、都賀谷ブロック長に脅迫されてやりました、って言うよ」

そう嘯く秋山に都賀谷は溜め息を洩らしながら頭を搔きだした。

「どちらにしても、もし太田が騒ぎだしたら僕も秋山さんもタダじゃ済まないですよ」

「その時はその時だ。それに太田が言ってることもやってることも間違ってないと思うぞ」

秋山の声のトーンが大きくなる。

「それはそうですけど、現状が……」

「よく分からないが、長い時間で見ると間違っていることが蔓延ることはないと思う。俺が定年するまでは現状のままかもしれないけどな。まあ無事にジジイ狩りを凌げればの話だけどな！」秋山は都賀谷の目を覗き込む。

都賀谷はこれ以上ないくらい渋い顔をした。

秋山は都賀谷から目を背けると机の上にあるカレンダーを見た。既に定年退職の日まであと八カ月を切っていた。


太田圭吾が港北第三営業所にやってきた日は朝から雲一つない快晴であった。

宇佐美が先日の事故でトラックにしばらく乗れないので、太田がこの営業所にヘルプという形で異動をしてきたのだった。

太田は先日の会議の翌日に所長を解任され、総務課預かりとなり、人員の極端に少ない営業所を盥回しにされていた。本人はそんな不遇にも腐らずにいるようで、表情に曇りがない。

営業所の朝は忙しい。太田は朝礼で型通りの挨拶をしたが、ドライバーたちは朝礼が終わると脱兎のごとくトラックを発車させていく。

太田は地理も不案内なので初日は秋山の隣に乗って集配エリアを勉強する。同時にお互いのことを知る時間にもなる。配達は相変わらず忙しいが二人でやると流石にいつもより早く終わった。営業所に戻る前に秋山が買ってきた缶コーヒーを飲みながら、二人はトラックの中で雑談を始めた。

「それにしても、この間の会議は思い切ったな。あんな肝っ玉の据わった奴がうちの会社にもいるなんて意外だったよ」秋山は先日の全体会議のことを持ち出した。

「いえ、内心、心臓バクバクでした。でも言わなくちゃいけないと思って……」

太田は苦笑いしながら左手で頭を押さえた。大きな体が小さく見える。先日の会議の時とは別人のようだ。

「言っても何も変わらないだろ。みんな思っってても口には出さない。しかも、あんな会議の場で。自分の首を絞めるだけだぞ」秋山はそう言いながら太田の左手薬指の指輪に目を落とした。

「言っても変わらないことは分かっていました。でも黙ってるわけにはいかなかったんです。実は、会議の場で支社長に言ったことの続きがあって、それはあの場では言えなかったんですけど……」

「続き？」

太田は支社長には訴えられなかった「続き」を話し始めた。

昭和街送のどこの営業所もそうであったように、太田が所長を務めていた港南第二営業所も大量の荷物を捌くべく、会社の命令する出勤時間よりもはるかに早く出勤して積み込みの作業を始めていた。

その日は、繁忙期三日目ということもあり荷物の量も平月の比ではなく、昨日配達しきれなかった荷物も含まれている有様であった。

午前七時、構内の端に設けられた喫煙所にはドライバーたちが数人集まっていた。サービス残業中の小休止だ。

「眠い」

ブラックコーヒーの缶を握りながら港南第二営業所ドライバーの新庄恵一郎が大きな欠伸をする。

「俺も今日三時間しか寝てない」

同じく眠そうな顔で太田が眠気の混じってそうな煙を吐き出す。つい七時間前の午前零時に会社を出て翌朝六時には全員集合しているのだから、太田は新庄の顔を見ても日が変わったという感覚があまりなかった。

「一緒ですね、俺も三時間です。それにしても今年の物量は酷いですね」

新庄は煙草をくわえながらポータブル端末を見て呟いた。トラックの後ろに積み上げられた荷物の山を半分ほど車両に積み込んだところで百五十四個をカウントしている。全部積んだら今日は三百を超えそうだ。

「たしかに。お歳暮だけならまだしも、サガルマータがセールやってるから、サガルの荷物が爆発してやがる」今度は溜め息と煙を一緒に吐き出して太田が答えた。

「ああ眠い。動いてないと寝ちゃいそうです。とりあえずやりますか」新庄は煙草を灰皿にねじ込むと太田を置いてトラックのほうへ歩き出した。

「そうだな。ボヤいても荷物減らねえしな」太田も自分の両頬をパンパンと叩いて歩き出した。

結局その日も午後十一時近くまで配達し、営業所を出たのは昨日と同じく午前零時となっていた。

「じゃあ気をつけてな。新庄、明日休みだろ、ごゆっくり」太田は新庄にそう言ったのを覚えている。

「言われなくても休みますよ。爆睡してると思います」新庄は笑みを浮かべながらそう言うと、ヘルメットを被り原付バイクで帰っていった。

新庄のバイクの尾灯が夜の闇の中に消えていくのを見送ると、太田は大きな欠伸をして自身の軽自動車に乗り家路についた。

翌日、太田はいつものように午前六時に出勤し、大量の荷物を半分ほど配達し終え営業所に戻った。時刻は既に午後二時だ。強い空腹を覚える。妻が握ってくれた特大のお握りでもかじりながら午後の荷物を積みこもうと考えた。すると、事務員の結城が蒼白の表情で運転席にいる太田に走り寄ってきた。

「太田さん。新庄君が、新庄君が……」結城は目を潤ませているがあとの言葉が出ない。

「新庄がどうしたんだ!」太田は結城の様子からただならぬ事態を感じ取った。

「亡くなった」結城はその場で泣き崩れてしまった。

「どういうことだ!」

太田が怒鳴る。

結城は涙ながらに話しだした。

新庄は太田と別れ営業所をあとにすると、いつもの道をバイクで帰っていた。途中にあるT字路を左折して帰宅するのだが、どうしたことかそのまま直進し左から来た大型トラックと衝突したというのだ。

大型トラックの運転手は無傷であったが、新庄は即死であった。

トラック運転手の証言と現場の状況から新庄の居眠りによるものだと警察は断定した。

バイクのブレーキ痕もなく車線も白線で分離されているにもかかわらず、新庄のバイクは大きく対向車線をはみ出していたからだった。そこは緩やかな坂道になっていたので新庄が眠りながら直進してしまった可能性が高いという結論に至った。

「嘘をつくな」

太田は認めない。目の前では結城が泣き伏している。新庄と結城は交際していた。

太田の中で何かが砕け散る音がした。

「ああああああ！」

目の前のハンドルに両拳を叩きつける。

よく晴れた昼下がり、広い構内に太田の泣き叫ぶ声がいつまでも響き渡っていた。

新庄の死はその家族と仲間に深い喪失感をもたらすとともに、昭和街送という会社に対して強い疑問を抱かせることとなった。

本来なら退勤中の事故であるのだから通勤労災の対象となるはずであった。だが、事態はそう理屈通りには行かなかった。

その日、新庄は十三時に退勤していることになっていたのだ。新庄のその日の計画シフトは八時から十三時で、それを新庄は律儀に守ったのだった。だが、三百個近い荷物がその時間内に配達しきれるわけもない。実際のところ、一度、十三時前に帰ってきた新庄は仲間のトラックに荷物を移し、退勤を打刻してからサービス残業を延々と深夜零時までしていたことになる。

通勤労災の申請にあたり、退勤から十一時間後の事故に会社は異議を唱えだしたのだ。

実際に労働していたのであり、それがいかにサービス残業によるものであったとしても通勤労災は成立するはずだと新庄の遺族は訴えた。もっともな話である。港南第二営業所の所員も証人となった。

これに会社は納得せず、しかも対抗措置をもって報いた。太田以下の所員を全員バラバラに異動させた上に、個別に「余計なことは言うな」と緘口令まで敷いたのであった。


太田は隣に秋山がいるのも憚らず大きな手で涙を拭う。

「言っても無駄なことは分かっていました。僕ごときが何を言ってもこの会社は何も変わらないであろうことも分かっていました。でも、仲間が死んだんです……」

太田の固く結んだ拳に涙がボロボロと落ちていた。

秋山も目頭を押さえる。

また人が死んだ……。

本来なら縁遠いものだと忘れられるはずの死がすぐ隣にあることを思い知らされる。熱中症で亡くなった者。交通事故で亡くなった者。作業事故で亡くなった者。秋山の長い社歴の中ではそれこそ枚挙にいとまがない。

それが戦場にでもいるならまだしも、ただの宅配屋だ。人の生死とはかけ離れたような仕事についているにもかかわらず、なぜにこう仲間の死を目にし、耳にするのか。

秋山は新庄という青年の死が理不尽であり不憫でならないと思った。仲間の死をもってしてもこの巨大な組織は何も変わらないであろうし、昨日と同じかそれ以上に限界を要求してくるであろう。だから何を言っても無駄だ。多くの者はそう考えていた。だが本当にそれでいいのか。単に逃げているだけではないのか。秋山はふと雅子の言葉を思い出していた。

守ってあげればいい。

そして三十年前の事故の光景が脳裏に蘇る。あんな経験を仲間にも絶対にさせたくなかった。

「面倒くせえなあ」

秋山の中で何かが吹っ切れた音がした。

定年の日まで二一〇日

広域ブロック長の中埜清達は「すみません。すみません」と電話口で連呼していた。目も潤みがちだ。

「今日はずいぶん怒られてるわね」事務の女性たちも心配そうに電話中の中埜を見ている。

中埜の電話の相手は人事課長の白鳥静一であった。

名は体を表さない。管理職の中で白鳥は狂犬と呼ばれている。狂犬白鳥は一度怒りだすと相手の息の根を止めるまで嚙み続けるのであった。嚙みつかれた者は心身ともに消耗し白鳥に服従せざるを得ない心理状態となる。

今日の餌食である中埜は既に観念し狂犬のなすがままに首を垂れている。それでも白鳥の攻撃は止むところを知らない。中埜が弱れば弱るほど狂犬白鳥は勢いに乗るのであった。

説教の内容はドライバーの労働時間が長すぎるというもの。このままでは法律違反になるからなんとかしろというのであった。

「鞭を打て！」「辞めさせろ！」というのが人事課長白鳥の常套文句であった。

中埜はその日実に一時間近く電話口で白鳥に叱られ続けた。身はおろか精神も食いちぎられ、ようやく受話器を下ろすと同時に魂まで出そうな溜め息をついた。

とりあえず、煙草を吸いに事務所裏に出た。中埜は一人で何度となく溜め息をつきながら遠い空を見ていた。

こんなはずじゃなかったんだが。

中埜は高く青い空を見ながらそう思う。なんで俺はこの会社で今こうして働いているのか。どこで道を誤ったのか。弱いものを助けたい一心で弁護士を目指し、司法試験の勉強に励んでいた昔を思い出す。その挫折から転がり落ちて中埜は今ここにいる自分を顧みた。元来、正義漢であり法律を重んじる中埜は、現在の昭和街送の労働環境が完全に違法であることも、そして昭和街送が目指して行くところも脱法行為の助長でしかないことも分かりすぎるほどに分かっていた。その結果、どういう処罰が会社に下り、今や責任者となった自分に降りかかってくるかも分かる中埜であった。

中埜は人事課長の白鳥や平気でサービス残業を強要できる他の管理職を、羨ましくさえ感じた。中埜から言わせると彼らは何も知らないし何も感じないのであった。だから、違法行為を何の呵責もなく押し付けられるのだと。

その日、人事課長白鳥の電話で中埜は最後にこう言われた。

「そもそも広域ブロック長の器でもブロック長の器ですらもないな、お前は。覚悟しとけ」と。

長いこと喫煙所にいた中埜が自身の席に戻って最初に手にしたのはエリア内労働時間ワーストというリストであった。管轄内の従業員が労働時間の長い順に並べられている。

そこで上位に挙がっているほとんどが港北第三営業所の人間であることに、中埜は気づいた。秋山が所長を務める営業所だ。ここが完全に平均労働時間の足を引っ張っている。

中埜は受話器を上げ、港北第三営業所を管理するブロック長の都賀谷にまず電話をした。

「都賀谷君、港北第三なんだけど、労働時間が長すぎるよ。もう少し改善できないかなあ。白鳥課長にも噛みつかれちゃって。頼むよ」

中埜は自身が白鳥に言われた内容を、部下である都賀谷にこれ以上ないくらいの優しい口調で言った。狂犬である白鳥から見たら甘噛みでしかない。

「すみません。秋山さんにはそれとなく言ってるんですけど、とうとう課長に睨まれちゃいましたか」都賀谷は白鳥の狂犬ぶりを会議でよく目にしているだけに、中埜がどれだけ噛みつかれたか想像がつく。

「この一カ月が特に長いんだけど何かあった？」中埜は先月のデータシートと比べながら訊く。

「宇佐美の事故からですね」都賀谷は言い切った。

港北第三営業所は所長である秋山の方針で、宇佐美の事故以来サービス残業を極力させないようにしていた。

「あの、お風呂屋さんに突っ込んじゃったやつ？」

「はい。あの事故以来、秋山さんが労働時間のことは気にしなくていいから安全最優先でやれと、所員に言い出して」と都賀谷は正直に言った

「うん、それはそうだけど、どうしてそれで労働時間が延びるの？」中埜は受話器を持ちながら首を傾げた。

「それまでは、会社の言う時間までには帰ってこいという指示を守っていたんですけど、その制約のせいで皆が焦ってしまうので、そんなの無視していい、その代わり安全運転を心掛けろと秋山さんが言い出しまして」

「まあ、もっともだな、秋山さんが言っていることも」

「ええ」

二人の電話はそこで沈黙してしまう。これが課長の白鳥なら「そんなの関係ねえ！　時間までに戻ってこい！　その後はテメーの車でやれ」ぐらいは言ったであろう。

「あとそれと」都賀谷は言い足す。「ヘルプに来ている太田が秋山さんに何か言ったみたいなんですよ」

「分かった。今度、そちらに行って秋山さんと僕が話すよ」中埜はそう言うしかなかった。かといって中埜に何か考えがあるわけでもない。人員を増強すれば改善するのだろうが、

会社は人員の募集自体をストップしているし、どこの営業所も人手不足は変わりない。とてもこれ以上、港北第三営業所に人をまわす余裕などはない。

中埜が港北第三営業所を訪れたのはその二日後のことであった。

「広域ブロック長がいらっしゃる。掃除しておいて。あと、全員服装きちんとしてるか見て」都賀谷は「今日、そちらに伺(うかが)います」と中埜から言われたので慌てて営業所に電話をするのであった。

一般職員からすれば広域ブロック長は雲の上の存在である。管轄内の人事も自由にできる。給与の査定でさえも左右できる絶対的権力者だ。中埜は性格上そうした権限を乱用しないが、多くの管理職は自己保身のために自らの権限をもって圧力をかけることを何とも思っていない。

中埜が港北第三営業所を訪れたのは夜の九時近くで、なるほどトラックは一台も帰ってきていない。秋山の指示が徹底されているようだ。

九時二十分に一台目が帰ってくると、二台目、三台目とパラパラ帰ってきた。どの運転手も荷台から大量の持ち戻りの荷物を降ろしている。本当に配達に行ったのかと疑いたくなるほどだ。

十時を少しまわった時に最後の車が帰ってきた。所長の秋山が運転するトラックだった。

それまで腕組みをしてドライバーたちの作業を黙って見ていた中埜が、秋山の運転するトラックへ近寄った。

「秋山さん、お疲れ様です」運転席から降りた秋山に中埜が話しかけた。

「中埜かあ、久しぶりだな。ごめんな、遅くなって。俺に話があるんだって？」秋山は社歴が長いだけに中埜と少しの間一緒に働いたことがあった。まだ中埜がドライバーをしていた頃だ。

「ええ、お疲れのところ申し訳ないんですけど、ちょっと労働時間が……」

「人事課長の白鳥が吠えてんだってなあ。都賀谷から聞いたよ」秋山は車の後方に移動し荷台のドアを開けながら中埜に言った。

「ええ、なかなか難しいんですけど」中埜は申し訳なさそうに言う。

「あの野郎、現場の状況知ってて言ってくるから余計腹が立つよな。これじゃ奴隷より酷いぞ」秋山は笑いながらそう言ったが、中埜にはグサリと刺さるものがある。ここでも、すみませんとしか言えない中埜であった。

　秋山がそう言いながら荷台で荷物を降ろしていると、先に帰ってきていた若い所員が皆で秋山を手伝いだした。

「中埜、悪いんだけど、労働時間はこれ以上削減することはできない。俺を所長にしたからには、俺はこいつらを守る義務がある」秋山は中埜にしか聞こえないほどの小さな声で言った。それから苦い顔をしている中埜にこう続けた。

「安全は最優先だ。俺は若い連中に三十年前、俺の同僚が起こしたような事故だけはさせたくないんだ」秋山が中埜の目を見据える。

「……。もっともです。僕も話でしか聞いていませんが、あんな悲惨な事故は誰にも経験させたくない」中埜は深く頷く。

「中埜。今度、白鳥から電話あったら俺に振っていいよ。というか俺に振れ。お前は厳しく注意したが、秋山が言うことを聞かない。それどころか、文句があるなら白鳥が直接電話してこい、と言ってたと言え。その代わり、お前にちょっと教えてほしいことがある。この後、少し時間を作ってくれ」秋山はそう言うと不敵な笑みを中埜に向けた。


その後、中埜が管轄するエリアの労働時間は改善されるどころか増々悪化してきた。それもそのはずで、エリア内の労働時間を伸ばしている秋山の営業所が、休憩時間まで実際の時間を申告しだしたからだ。

朝から夜まで、一切サービスしないという意志の表れだ。それはほとんど会社に対して蜂起したということに近い。完全に会社の指示を無視していることになる。

人事課長の白鳥は港北第三営業所の労働時間が異常に突出しだしたのをすぐに察知した。

「ふざけんじゃねえ！」

白鳥はパソコンの画面を見ながら怒鳴ると、すぐに中埜に電話した。

「おい！　中埜、テメー俺のこと馬鹿にしてんのか。なんだ、港北第三のこの労働時間は。テメー今すぐ俺の所に来て説明せんか」

この日の白鳥の狂犬ぶりは、一週間以上餌をお預けにされていたかのようだ。

「すみません、所長である秋山には注意したのですが、逆に切れられてしまって、文句があるなら課長が直接電話してこいとまで言われてしまって……」と中埜は躊躇いながらも秋山から言われた通りにした。

「おもしれえじゃねえか。あのくそジジイまだ会社にいやがったのか。ポンコツが偉そうに。とどめを刺してやるよ。ジジイ狩りだあ！」白鳥は受話器を破壊せんばかりに叩きつけると、すぐに秋山が所属する港北第三営業所に電話をした。

「コラ！　このくそジジイが、お前が電話してこい言うから望み通り掛けてやったぞ」

白鳥は開口一番から噛みつく。

「あの、どちら様ですか」秋山は来たかと思ったが敢えて冷静に尋ねた。

「人事課長の白鳥じゃあ！」

秋山の惚けた態度に白鳥は完全に爆発した。

「オウ、ジジイ。お前ワシに牙剝いたいうことはどうなるか分かっとるんじゃろうなあ。この代償、テメーの首だけじゃ済まんからのう。テメーのガキの指も詰めてワシのもとに持ってこい！」任俠映画が大好きな白鳥は自然とそんな台詞がポンポン出てくる。

「しかし、白鳥課長、現在の労働環境は完全に違法状態です。どこの営業所も毎日六時間以上はサービス残業しているんですよ。課長はその辺のことご存じないでしょ」秋山は冷静に応じる。

「アホか。そんなこと知っとるわい」

「え？　白鳥課長は知ってて、正しい労働時間を申告する者に対して注意なさるんですか」

「当たり前だろ。そんなことワシが知らねえわけねえだろうがあ、この糞。お前らはワシが言ってる時間にタイムカード打てばいいんだよ。うちの残業代にはサービス残業代も含まれとるんじゃ。ボケジジイが」白鳥の怒鳴り声は増々ヒートアップしていく。

「しかし課長、昭和街送には固定残業代の制度はございませんよね。労働基準法三十七条違反は免れないかと」

「何、わけの分からねえこと言っとるんじゃ。固定残業代？　昭和街送は無限残業じゃ。法律違反がなんぼのもんじゃ。死ぬまで働け」

「それが昭和街送の人事課長のお言葉ということでよろしいんですね？」

「おうよ。人事課長白鳥が法律だ！」

「そうですか。よく分かりました。白鳥課長、これを聞いてもらってもいいですか」そう言うと秋山は受話器にスマホを当てた。

『人事課長の白鳥じゃあ！』

白鳥は耳を疑う。自分の声が受話器から響いてくる。

「…………」しまった。録音された。白鳥は唾を飲み込む。血の気が多いはずの自身の全身から血の気が引いていくのを感じる。

「警察に持っていっても何とかなっちゃいそうな内容にしあがったな、白鳥課長。さて早速、懲戒委員会に持ち込もう」

「秋山さん。あんた、やってることが狡くないですか」白鳥は顔を歪めながら言う。

「まっとうに話し合える人間ならこんなことはしないよ。俺だって好きでしてるわけじゃない。相手がこういう手段に訴えるということは、自分もそういう性悪な人間だと思ったほうがいい。然るべき処分が下るのを待て。白鳥課長」

「ま、待ってくれ。違うんだ。僕じゃない」

狂犬は尻尾を縮め震えだした。

「何をわけの分からないことを言ってるんだ。むしろ今までパワハラで訴えられなかったほうが不思議なくらいだ。課長の言ってることは完全に違法だし、完全に脅迫だ」

秋山は呆れる。

「勘弁してください秋山さん。ここまで来るのにどれだけ苦労したか。そもそも全て支社長の指示なんです。僕の本意じゃ決してないんですよ。僕だってドライバー出身ですよ。

皆さんの苦労は痛いほど分かります」

「痛みが分かってて、どうしてさらに痛めつけるような指示ができるんだ、白鳥課長」

「すみません。僕も上からの圧力が半端ないんですよ。今の昭和街送の異常な労働環境は、会社上層部の現場を知らない連中が描いた絵空事に踊らされてる感じなんです」

「それなら、そいつらに進言すればいいだろ、現場の状況を。結局、自分の保身だけしか考えてないいんじゃないか。お前みたいな人間は人の上に立つ資格はないぞ」秋山に怒りが込み上げてくる。

「申し訳ありません。今後は広い心を持つようにしますので、どうか今回だけは」

「今後の言動を注意深く見守らせてもらいます」そう言うと秋山は深い溜め息をついて電話を切った。

どうしてこんな会社になってしまったのか。自分の保身しか考えない人間が組織の中枢(ちゅうすう)に据えられている。会社にとってというより、そのすぐ上の人間にとって都合の良い人間が。

「それで白鳥課長はどうでした」

都賀谷は心配で二、三日前からほとんど眠れなかった。人事課長白鳥は今や県内では支社長に次ぐ権力者だ。そんな相手を怒らせたらどんなとばっちりを食うか分からない。

「前もって中埜から労働基準法のことを教えてもらっていたが、まるで意味がなかった。白鳥の奴、人事課長のくせにその辺のこと何も知らないんだ。何が違法で何が適法なのかも分かってないみたいだし。ただ、自分の口調がパワハラに当たることだけは理解してくれてよかったよ」と秋山は白鳥との会話を思い出すだけで呆れてしまう。

「敵はやはり支社長だな」秋山はそう呟く。

定年の日まで二〇一日

事務員の冴木が「ここでいいか」と言いながら筒状に丸まった紙を広げてコピー機の上の壁にあてがっている。

それはペラ一枚の労働組合広報誌であった。紙面には大きな見出しが躍っている。

「闘争！　組合員の待遇と労働環境改善を会社に要求する！」

そして見出しの下に掲載されている写真には力強く拳を握る男の姿が。写真の下に〝労働組合委員長志賀義邦〟と書かれている。「皆さんからの意見を御待ちしています」そんな言葉も最下段に書かれていた。

これだ！　と秋山は指を差した。

現在の支社長になって既に丸二年になるが、支社長の顔を前回の会議で初めて見た秋山であった。昭和街送において一般社員と支社長の関係は、警察組織でいえば巡査と警視正、自衛隊でいえば二士と将官ぐらいの差がある。

よって現場の一リーダーに過ぎない所長の秋山が、支社長に直接何かを言いたくても言う機会もない。また仮に言ったところで頭のおかしな奴と見られるのがオチであった。

それならまず労働組合に言うのが筋だろう。秋山はそう考えた。御用組合と揶揄されがちな昭和街送の労働組合だが、まず当たってみて損はないだろう。

秋山が動きだしたのは三日後の休みの日であった。この日、午前中だけ配達を手伝った秋山はその作業着のまま車で労働組合事務所へと向かった。

労働組合の事務所は、昭和街送の支社の入っているビルの一室にあった。

労働組合は各都道府県毎に置かれている。そこに所属する組合員は昭和街送が労働集約産業だけに非常に多い。大都市圏では一万人を超えるものもある。ゆえに、それなりの事務所かと思えば、そんなことはなかった。

広さとして十畳にも満たない。そこに組合幹部の机が無理に並べられ、机の後ろには書類で溢れかえっているキャビネットが、入り口だけ残してコの字に並べられていた。窓はあるようだったが既にキャビネットで塞がれてしまっているらしい。

この労働組合事務所の隣の部屋が支社の人事課であった。人事課の長はここ数日前から牙が抜けたようになってしまった白鳥である。この人事課と労働組合の部屋は暖簾で仕切られ簡単に行き来ができるようになっていた。これだけでも、現在の昭和街送における労働組合の位置づけが分かる。

というのも、労働組合委員長はここ十年ほど、人事課の社員から選ばれた者がなることになっていた。一応、選挙という形を取って委員長以下の組合役員は決定されるのだが、完全な出来レースである。

人事課の社員は労働組合の仕事を、人事課の仕事が終わったあとや休日に行うのであったが、ほとんどが人事課の仕事のついででしかなかった。

その労働組合の委員長を現在担当しているのが今年で入社二十年目、委員長として二期目になる志賀であった。

ここ最近の志賀は忙しい。一日に何度も人事課と組合事務所である隣の部屋を行き来している。

組合事務所の電話が鳴りやまないのだ。

組合事務所の電話が鳴る度に志賀は席を立って、暖簾を振り払って電話を取りに行く。

特に電話が集中するのは昼時で、志賀の昼食は専らこの組合事務所で取らざるを得なくなっていた。

電話の内容は、業務の過酷さ、サービス残業の長さ、上司のパワハラ、荷物を減らせという要望など多岐に渡っている。

その一件一件の電話に志賀は極力出るようにしている。志賀が出れない時は他の人事課の社員でもある組合の幹部の者が出る。

そして、「あなたのお話はよく分かりました。話していただいてありがとう。組合として全力で会社に要望していきます」と言って電話を切るのであった。

電話を切った志賀はすぐに次の行動に出る。電話を掛けてきた者の上司に電話して「あいつがこんなこと言ってる。熱冷まししといて」と告げるのであった。

電話を受けた上司は「申し訳ございませんでした」と詫び、慌てて組合に通告した者を割り出し、宥めるのであった。現場の責任者たちからすれば志賀の命令は絶対だからだ。

というのも志賀には力がある。

それは組合の委員長という立場だけではなく、それ以上の力であった。しかも暗黙の力が。

組合の委員長を数年やると、次に待っているのは人事課課長のポジションであった。それも昭和街送のほとんどの都道府県において慣例となっていた。志賀の前任の委員長は白鳥だ。

ゆえに、現場の責任者からすれば志賀に逆らうということは、数年後、報復人事を受け入れるか、出世を遠ざけるということを意味した。

その有力者志賀も頻繁にかかってくる電話を無視できない理由があった。それは労基の存在である。

今年に入って四件、労働基準監督署からの是正勧告が入っていた。異常な事態だ。既に改善報告書を提出しているが、これ以上、労基に目を付けられるのは会社としても志賀の立場としても非常にまずかった。

火消し。

それがここ最近の仕事となっていた。

なるべくボヤの段階で消さなければならない。それがコツである。全焼や延焼などは絶対に避けなければならなかった。

志賀は今日も組合事務所で昼時の電話ラッシュを捌いていた。その日、午後二時をまわった頃、ようやく志賀は妻が作ってくれた弁当を広げることができた。弁当は昨日の晩御飯と同じものが入っている。

志賀が弁当をほぼ食べ終わって布に包んでいると、暖簾の陰で「すみません」という声がした。

「どうぞー」と声を掛ける。この時間なので他の組合役員だろう。

「失礼します」そう言って入ってきた男に志賀はすぐに警戒の目を向ける。

どこかで見たことがある。それがどこだか思い出せないでいた志賀に男は会釈をした。

「港北第三営業所の秋山と言います。ちょっと相談があってお伺いしたんですがよろしいでしょうか」秋山は志賀に笑顔でそう挨拶すると事務所内に入った。

「どうぞ、どうぞ。ちょうど今ひと段落したところですから」志賀は突然の珍客に動揺しながらも、秋山に椅子を勧めた。

組合へ電話での相談や通報は数知れずだが、直接組合事務所に押し掛けてくる者は極めて珍しかった。志賀は既に顔を強張らせ、この男が何を言い出すのか身構えている。

ところが、秋山は勧められた席に座り「突然にすみません」と言ったきり言葉を発しない。腕を組み組合事務所内を見回しているだけだ。志賀からすればなお気味が悪い。

狭い。汚い。秋山がそう思っているだろうと志賀は勝手に察した。

「散らかっているでしょう。ここのところ忙しくて」そう言い訳をしてみる。

そこで秋山は我に帰ったように志賀のほうに目を移した。

「いえいえ、初めて組合の事務所にお邪魔したものですから、つい見回してしまいました」

秋山は正直にそう言った。

「思っていたより狭いでしょう。もうちょっと整理整頓できれば違うんでしょうけど、なにせ忙しくて」志賀は秋山の素性を知らないので、どういう立場で何の職種かも分からない。ただ年齢が自分よりも上であることは確かそうなので低姿勢に努めている。

「そうでしょうね。組合のほうも大変でしょう、最近は」秋山は同情するようにそう言った。

「ええ。荷物が爆発的に増えてしまいましたからね。その分、人を増やしてくれればいいんですけど、逆に減る一方ですから。人事課の仕事もしているのでその辺のことがよく分かります。現場は本当に大変だと思いますよ。このところ電話が鳴りっぱなしで、今日もようやく今、昼めしにありつけたところです」

　志賀は傍らにまだ置いてある弁当包みを横目にそう言った。

「でも、まだ座って食べられるだけいいですよ。現場では、お握りやパンをかじりながら作業や運転ですからね。中にはそれすらできず、飯抜きの奴も珍しくないですから」秋山は腹を摩りながらそう言った。

　秋山のこの言葉で、前に座っている男が現場の人間であることがまず分かった志賀であった。すると、どんな苦情を言ってくるのか。

「そうですよね。座って食べられるだけ有難い。秋山さんのところもいろいろ大変そうですね」志賀はそろそろ話を促してみた。

「現場はもう奴隷さながらです。今も言いましたけど昼食にもろくすっぽありつけないんですから。中には『刑務所のほうがましなんじゃないのか』なんて言う奴もいるぐらいです。この間なんて、うちの運転手がお握り食いながら荷物扱ってたんでしょうね、荷物に米粒が付いてたなんてクレームが来ちゃったくらいですよ」秋山が笑いながら言った。

　志賀もつられて笑顔を作るが、心中穏やかではない。秋山の得体も知れないが、志賀には人事課の仕事もまだ山のように残っている。ここで秋山とのんびりしている時間もない。かといって無下にも扱えない。

「なるほど、昼食ぐらいはしっかり取れるようにしていかないといけませんよね。組合として善処していきます。それで、今日はどういったご相談で？」とわざと秋山に刮目(かつもく)してみせる志賀であった。

「ええ。昨今の労働環境の悪化を組合として支社長に直接、申し立ててほしいんですよ」

「申し立てる？」

「ええ、直接。もう少し荷物を減らせと」

「支社長に直接？」志賀はもうだいぶ身を反らせている。

「そう。組合の代表として。委員長も最近は荷物が多すぎるのがいけないと言いましたよね」

「いや、言いましたけど、支社長に直接言うのは無理でしょう」志賀の顔に恐怖が刻まれていく。

「なぜ」

「だって支社長ですよ」

「各都道府県の労働組合委員長と支社長は立場的に同等だと伺っていますけど。違うんですか」

「そりゃあ建前では同等ということになっていますけど、実際問題、支社長には逆らえないですよ。支社長がその気になったら、僕なんか簡単に吹き飛ばされちゃいますからね。沖縄だろうが北海道だろうが、支社長の気のすむ所にやられちゃいますよ。海外だってあり得ますよ」志賀にとって秋山はもう危険分子でしかない。

「委員長なのにそんな報復を受けちゃうんですか」秋山はあり得ないとばかりに尋ねる。

「まあ名目は何とでも付けられて飛ばされるでしょうね。うちも今年大学生になる子供がいて、本当にお金がかかるんですよ。住宅ローンもまだまだ。それに昭和街送において組合の委員長なんていうのは出世への階段の一つでしかないんですよ」志賀はなんでこんなことまで説明しなければならないのかと、秋山に呆れてすらいる。

「委員長のあなたが言えないのであれば、労働環境について、この県内に誰か支社長に意見できる人間はいないんですか？」

「そんなのいませんよ。昭和街送において各都道府県の支社長は絶対君主みたいなものですからね。それは秋山さんだって分かりますよね」志賀は何をバカなことを言ってるんだといわんばかりの口調になる。最近の昭和街送では志賀の言っていることのほうが理にかなっている。しかし秋山も引き下がらない。

「それはどうか分かりませんが、今のままでは昭和街送自体も荷物に押し潰されてしまいますよ。私はこの会社が大好きなんですよ。だからこうして委員長であるあなたに訴えに来てるんじゃないですか。誰かが言わなくては」と真摯な秋山であった。

潰れる時は潰れるし、その時はその時で上が考えるだろう。俺らが何をしても変わらないよ。志賀はそう言って撥ねつけてやりたかったが、さすがにそれは口にしなかった。その代わり志賀は蔑みの目を向けて、「だったら秋山さんが直接支社長に言ったらどうですか？」と返した。

この部屋に来る時には想像もし得ない返答を寄こされた秋山であったが、何かを思いたったのか素直に「それもそうですね」という言葉だけを置いて部屋をあとにした。

秋山が組合事務所を訪れた翌日。都賀谷の車であろう、爆撃機みたいな音が港北第三営業所の駐車場を襲う。

次の瞬間、突然に事務所のドアが開くと突風が起こる。

「キャー」と冴木が飛び交う書類や伝票を押さえようとする。

「あ、秋山さん！」都賀谷は血相を変えている。

「なんだよ、大きな声出して」

「秋山さん、委員長のところ行ったんですか」

「ああ、行ったよ。話にならなかったけどな」

秋山はちょうど配達から帰ってきたところで自身の机の上で伝票を整理していた。

「大丈夫ですか。怒られませんでした？」

「誰に？」秋山は驚きの顔を都賀谷に向ける。

「委員長に」都賀谷は車で来たはずなのになぜか息が上がっている。

「なんで俺が委員長に怒られなきゃならないんだよ」

「まあ、そりゃあそうなんですけど」

都賀谷は志賀に「なんなんだ、あいつは」とだいぶ電話で怒られていた。

「怒りたいのはこっちだよ。現場の痛みを伝えるのが委員長の役割にもかかわらず、まったくその自覚がない。どうやら組合に誰が何を言っても彼のところで全て止まってしまっているな。現場の声など上には伝わらないのが現状だ」秋山は冷ややかに言う。

「そ、そうですね……」

都賀谷は神妙な表情で秋山を見る。都賀谷にとって人事課長の白鳥や委員長の志賀もさることながら、秋山が最大の脅威となっていた。ジジイ狩りにあったジジイが反抗してきた。下手を打つとしっぺ返しを食らいかねない。

出世の階段を着々と登ってきた白鳥にしても志賀にしても、さらには都賀谷にしても、秋山という爆弾に関わりたくないのが本音だった。下手なことをして自分の足元で起爆させてしまったらと思うと、腫(は)れ物に触るように慎重にならざるを得ないのだった。

ちょうどその日、支社では幹部会議が行われていた。支社長、次長、各課の課長と課長補佐などが月に一度、現状の数字を報告する場だ。

営業課、事故対策課と報告を終え、そして三番目に報告するのが白鳥課長の人事課であった。

人事課からの報告書には今月の退職者の数と氏名、各エリア、各営業所の労働時間が詳細に記載されている。といっても、全てでっち上げの数字で、支社長である吉住の逆鱗(げきりん)に触れないところで収めている。まともに報告しようものなら冷酷(れいこく)な吉住のことだ、すぐに人事課長更迭(こうてつ)となる。

白鳥が配布したものには県内全営業所の労働時間が数ページに渡り羅列(られつ)されている。こうした事細かい数字を読むことにこの会議室内でもっとも長(た)けているのが、元銀行員の吉住であった。

「港北第三営業所の労働時間が違法なラインを超えそうだが……」吉住は白鳥を睨(にら)む。

見るのもやっとな、こんな詳細なデータから拾えるわけがないと高を括(くく)っていた白鳥が蒼(あお)ざめる。

「こ、これは、所長の秋山という男が出勤時間と退勤時間の指示に従わないためで、申し訳ありません。違法ラインは超えませんのでご安心ください」白鳥は従順な飼い犬が主人に睨まれたように怯えながらも、自信の表情を吉住に向ける。バレてしまったらしょうがない、最後はゴッドハンドを使えばよいだけだ。実際に法違反の労働時間となったら改竄すればいい話で、そもそもそんな数字を上げてくる部下が悪い。それが白鳥の論理であった。

「秋山というのは先日の会議にいた社長の同期だという秋山か」吉住の嗅覚が何かを察知した。

「はい。よくご記憶で」

「この男、たしか翌年定年で、ターゲットにもなっていたはずだが」

「おっしゃる通りで、いつものように所長に格上げさせて、そこで業務量と圧力で退職に追い込むつもりでしたが何分に手強い奴でして」

白鳥は泣きそうな顔を作る。

「どう手強いんだ?」吉住の声が珍しく低くなった。

「え、あ、いや、その、社長の威光をちらつかせるというか……」白鳥が苦し紛れに嘘をつく。まさか自分の脅迫まがいの電話が録音されたとは言えない。

「窮鼠猫を噛むというやつか」吉住は腕を組み天井を仰ぐ。

「その人物なら私が以前、社長との懇親会で聞いたことがあります」そう挙手をしたのは前回の会議で進行役を務めた総務課課長の村上謙佑であった。吉住が興味深げに村上へ視線を向ける。村上は禿頭を光らせ唇を舐めると話しだした。

「社長がまだ運転手であった頃の所長が秋山らしいんですが、社長がその時に大変お世話になったらしくて、今でも頭が上がらないと懇親会でおしゃっておられました」

「社長と懇意なのかなあ？」そう恐る恐る訊いたのは白鳥であった。

「ええ。社長のお話ではそのようです」村上はしたり顔で言う。この場合、村上が主に言いたかったのは秋山と社長の関係ではなく、村上自身が社長との懇親会に参加したことがあるという自慢であった。

「……。社長に伝わるとまずいな。これは内々で処理しないと我々の身も危ないぞ」吉住は目を瞑ってから椅子に体を預けてそう言った。

「放っておいて定年を迎えさせますか」白鳥は伺いを立てる。

「それも良くない。定年退職金は支社の経費だ。数千万は痛い。それに定年退職者を出したとなったら恥だからな」

「本社と相談してみては？」白鳥は上目遣いで吉住を見る。

「馬鹿かお前は！」吉住は目を見開いて一喝する。

「申し訳ございません」白鳥が小さくなる。今日の白鳥は仔犬のようだ。

「本社は綺麗ごとばかりでジジイ狩りの実態すら知らない。社長も同じだ。コンプライアンスと二言目には言うがそのくせ無理な数字を強要してきやがる。本社などに言おうものなら余計話が複雑になるだけだ。とりあえず秋山の件はこのまま静観しよう」

「はい、ご推察の通りで」村上が深く頷く。

白鳥は表情を引き攣らせている。えらい人間にたまを握られちまったと怯える。自分の電話の内容など、もし社長の耳に入ったらひとたまりもない。短気は損気だと今更自戒するのであった。

「どうぞ、穏便にお願いいたします」と白鳥も付け加えなければならなかった。

「分かっている」吉住は小さく頷く。

実際には秋山と社長は疎遠であった。保身に余念のない者には秋山の強気な態度は不気味であり、社長の威光を借りての行動としか映らないのであった。吉住にしても白鳥にしても社長と秋山が居酒屋で一緒に仲良く飲んでいる姿まで想像していた。結局、秋山の件は棚上げにされてしまった。誰も関わりたくないのが本音であった。

支社の幹部会議はその後も各課の報告が続き、最後に支社長である吉住から総括ということで言葉が発せられた。

「来週、全都道府県の支社長会議が行われる。そこで、うちが労働時間、営業収益ともに表彰されることが間違いないということだ。昨日、本社総務部から伝えられた。これも、皆の努力によるものだと思うので報告をしておく」吉住は会議の終盤になってようやく表情を緩ませてそう言った。

「全て吉住支社長のお力です。収益も労働時間も、そして事故発生件数すらも支社長の言われる範囲でどうにか収まっています」村上は間髪容れずに媚びる。

「為せば成るものだ。計算ではまだまだ労働時間も削減できる。労働時間が削減できれば収益はさらに改善する」吉住は自信たっぷりに言い切る。

「ごもっともです」村上は白い歯を覗かせて頷く。

他の課長たちも遅れてはいけないと各々が諂いの言葉を述べる。その中の一人、交通事故対策課の伊集も表情こそ和やかだったが内心恐々としていた。会議に上げる事故件数こそ吉住が望むものにしているが、実際はその数倍であった。大部分は伊集の机の引き出しに眠っている。被害が大きいものだけ報告しているにすぎないのだった。

吉住はさらなる時短ができると思っているようだが、これ以上現場に負担をかければ重大な人身事故すらも起こりかねない。既に宇佐美の事故のように一歩間違えばというものは枚挙にいとまがない。伊集は腹を摩る。

伊集の癖で強いストレスを感じた時、両手で腹を摩るのであった。心労でさらに太りそうだ。だが何を思ったか、大きな腹を太鼓のようにポンと叩く。心配しても始まらない。とことん隠蔽するかと腹を括る伊集であった。

定年の日まで一九〇日

秋山にとって二回目の支社での全体会議。

前回同様秋山は三田の隣に座り、前回と同じく進行役の総務課課長村上が支社長登場の際の段取りを説明している。その後、予定通りに課長たちが現れ最後に支社長が登場し、全員で恭しい挨拶をした。今回は前回よりスムーズにできた自信がある。

童顔支社長こと吉住は前回の会議の時と比較すると表情が明るい。前回同様の甲高い声も一オクターブは上がっている気がする。話している内容も、営業収益が改善されただの、労働時間が短縮傾向にあるだの、事故が減少しているなど前向きな内容だった。

『そうなるように報告してんだから当たり前でしょ』

三田はノートの端にそう書き秋山に見せる。秋山は一瞥したが表情を変えなかった。三田は退屈そうに鼻息をあらく立てる。

その後も吉住の能弁な講話は続き三田の眠りを誘うのだが、「最後に」と吉住が言ったところで三田の意識はやっと支社長吉住の話に注がれた。

「先日、全社規模での会議があり、うちの支社は収益改善で全国一位の賞を社長よりいただいたこと、さらに労働時間短縮でも全国二位の賞をいただいたことを、この場を借りて皆に報告したい」吉住はご機嫌にそう言った。

昭和街送（しょうわがいそう）の標準的な出世の階段では、各都道府県の支社長のあとは本社部長が次のステップだ。三十代で本社部長になれば昭和街送始まって以来の異例のスピード出世となる。そのためにはあと少しインパクトが足りないと吉住は思っている。そこで吉住は言ってしまった。

「営業収益は皆の給料に今後反映されるだろう。また、労働時間の短縮は業務が効率化され、皆の仕事以外の時間が増えたことを意味する。しかし、まだまだダメだ」吉住はそこで一旦言葉を切り会場を埋める面々を見渡す。どの顔も自分を尊敬し次の言葉に期待を膨らませているようにしか見えない。吉住は一人ほくそ笑むと言葉を続けた。

「労働時間はまだ短縮の余地があったよね。次回は営業収益、労働時間ともに全国一位を取ろう。そのために今後は退勤時間に拘（こだわ）っていく。現状よりもう一時間早く帰ろう。早く帰って家族と晩御飯を食べよう。そこで明日より退勤時間を十九時に統一します」そう宣言した吉住の前に本社部長の椅子（いす）が今ありありと見えた。吉住は笑っている。

三田の顔が歪む。今の支社長の言葉を聞いて三田が隣の秋山がどんな表情かと窺（うかが）った瞬間だった。「面倒くせえなぁ」と呟くと、秋山が立ち上がった。

「ちょっといいですか支社長」

前回の会議と同じ言葉、同じタイミングだった。だが、今回そう吠えたのはあろうことか隣にいる秋山だ。

「支社長、現在の物量で本当に九時から出勤して十九時に業務が終わると思っていらっしゃるんですか？　また労働時間が短縮されたということですが、本当に従業員皆が二十時に退勤していると思っているんですか？」

秋山は席を立ち腰に手を当て支社長吉住を睨む。前回、巨漢の太田が吠えた時と同じ姿勢だがそれ以上の気迫がある。吉住は一瞬たじろいだがすぐに双眸に自信を漲らせる。

「もちろんだ。そう報告されているぞ。今後も工夫と努力で十九時終了も可能だ」吉住は言葉に力を込める。

秋山は両腕を組み吉住を見据える。

「うちの営業所はサービス残業をさせていない。朝六時に出てきて、夜二十三時までかけて現在の大量な荷物を捌き終えている。とても、課長や支社長が言う九時に出勤して二十時までに終わらせることなど不可能だ」

秋山の発言に吉住は傍らにあった資料を手繰り寄せて捲る。

「お前の営業所以外は皆できているぞ」吉住は笑みを浮かべながら嘯く。

「できたことにしているだけです。朝晩、サビ残してるだけなんです。知らないとは言わせません」

「知らないなあ」吉住はそう言うと、両手を広げてジェスチャーまで入れた。

「いいですか吉住支社長。港北第三営業所のここ六カ月間の配達個数が所員平均で一人当たり二百六十五個。集荷が六十三個。休憩を取らずに一日中走り回ってこの数がようやく終わるんです。さらに、二百六十五個の配達の三十二パーセントが持ち戻りになり、そのうち七十一パーセントが再配達される。だから実際の配達個数は三百二十五個になります。出勤時間から退勤時間までの十七時間で、単純に一時間当たり十九個の荷物を扱わなければならない。だが、実際は荷物を積み込む時間、その積み込む荷物を車両毎に仕分ける時間。集荷してきた荷物を降ろして大型車へ運ぶ時間。再配達や集荷、荷物の問い合わせなどの電話、クレーム対応、そして事務処理、皆さんの大好きな報告書類の作成、それらを我々ドライバーはやっているんです。多くの営業所も同じ状況でしょう。だが、うちと違うのは正確な労働時間を申告せずに朝は九時、夜は二十時で申告している点だ。申告時間外は全てサービス残業となっているはずです。それを長いことこの会社は続けてきた。嘘を申告する我々も悪い。だが、嘘を申告しなければならない空気を作り出し、さらにその嘘の申告を嘘と知っていながらそこにかこつける管理職たちはもっと悪質だと思います。そして、集約された嘘の申告を真実だと勘違いしているのはこの支社の中であなたただ一人ですよ、吉住支社長。九時に出勤してきて、十九時に帰るなど不可能です」

秋山はそう言うと前へ歩き出し吉住の前に冊子を静かに置いた。

「これが、今私が話したこととその裏付けとなる資料です」

吉住はその場でその資料を捲り目を通した。

よくまとまっている。

率直にそう思った。課長たちが会議で作ってくる資料が幼稚にさえ見えてくる。

秋山は今日のためにここ半年の配達個数と集荷個数、持ち戻りの個数、皆の出退勤時間の数字を拾い上げていた。これは秋山だけでなく宇佐美や冴木が中心となり所員全員が業務後に時間を割いて協力していた。数字には細かいという吉住支社長には数字で語るのが一番だろうという秋山のアイデアであった。

「現在の物量を適正な労働時間、つまり法律の範囲内で収めるには、その資料にあるように当営業所ではあと五人の人員が不足しています。その補充を会社側に要求いたします」

秋山は吉住にそう告げると静かに自分の席に戻っていった。

吉住の顔は真っ赤になり、今秋山が持ってきた資料を机に叩きつける。

「お前らは兵隊なんだから、言われたことやってればいいんだ！　経営のことなど何も分からないくせに」吉住の甲高い声が会議室内に響き渡った。それは吉住の負けを意味した。

「支社長も現場のことが何も分かってないじゃないですか。それに、経営といったって嘘の数字が根拠で何が計算できるんですか。この労働集約企業において正確な労働力の把握は必要不可欠なはずじゃないですか。それが嘘の数字であったのなら、そこから出された決算書など粉飾と変わらないいじゃないですか」秋山は残念そうにそう言った。

会議室内は突然の反乱ともいえる秋山の言動に静まり返ってしまった。進行役の総務課課長村上がマズイと何かを慌てて言おうとした瞬間だった。

大きな拍手が一つ鳴り、二つ鳴りだした。その拍手はとうとう万雷のものとなり秋山に呼応する声も入り交じり会議室内は騒然と化す。

村上がマイクで何かを叫んでいるようだったがまったく聞こえない。

轟音と化した拍手と幹部に対する怒号、中には立ち上がり幹部に詰め寄る者まで。吉住以下の前席にいた者たちは揉みくちゃにされながら逃げるようにして会議室から出なければならなかった。

その会議から二週間後。

港北第三営業所の奥にある控え室でドライバーたちは揃って昼食を取っていた。愛妻弁当を広げる者。コンビニ弁当を開ける者。カップラーメンをすする者。それぞれだが皆がこうして同時に昼食をとるのは若い者にとっては初めての経験だった。なにか子供の頃の遠足のようだと言う者もいる。

その中で一人、秋山だけが懐かしい想いに駆られていた。十数年前はこれが当たり前の光景だった。それがいつの間にか当たり前が当たり前でなくなり奇跡とすらなっていた。

秋山が全体会議の場で意見してから支社内は荒れに荒れた。

秋山同様に一切のサービス残業をやめた営業所や、時間内に配達できなかった荷物を翌日に持ち越し、それが雪だるま式に膨れ上がってしまっている営業所。労働基準監督署へ相談に行く者、さらには昭和街送の違法労働状態を新聞社に持ち込んだ者まで現れた。それら各地の蜂起(ほうき)の先駆者であり、今や英雄にすらなってしまったのが秋山であった。

結果、吉住は支社内の人員の補充と外部戦力への委託をせざるを得なくなり、同時に物量の制限もかけなければならない事態となっていた。

ここまで目標以上の経営実績を上げていた吉住であったが、ここに来て大きく数字を下方修正しなければならなくなった。

だがその結果、秋山たちは昼食を椅子(いす)に座ってとることを許されるようになった。トラックの荷台でもなければ運転しながらでもなく、ごく当たり前のように椅子に座って昼食をとることができるようになった。

相変わらず荷物の量も多く労働時間も朝から晩までであることには変わりない。それでも所員の表情にはどこか明るいものが窺えた。

秋山は妻の雅子(まさこ)が作った弁当を箸(はし)でつまみながら、若い連中が笑顔で昼食をとるのを微笑(ほほえ)ましく感じるのであった。

定年まで半年

公営団地の五階。秋山(あきやま)はこの日、馴染(なじ)み客である穂積(ほづみ)の家に集荷に来ていた。

穂積は週一回のペースで荷物を出す。毎回同じところへ段ボール箱で一つ出すのだが、この日は二つになっていた。

「先週もそうだったけど、秋山さん来るのが早くなったのね。この時期は暇なの？」

穂積は伝票の貼られた荷物を二つ玄関に並べながら秋山に訊(き)いた。

「今月中頃から荷受け制限がかかって、そのせいで到着荷物が減ってるんだよ」

「へえそんなことあるの。どうして？」

「……。まあいろいろあって」秋山は苦笑する。まさかその原因が自分だとも言えない。

「でも減ってちょうどいいんじゃない。今までが異常よ。なんでも過(す)ぎたるは猶及(なおおよ)ばざるが如(ごと)しよ、ね」穂積は自分の言葉を肯定するように二度頷(うなず)く。

秋山は「ごもっとも」と言いながら荷物の採寸を始めた。運賃を伝票に書きつけ、穂積に伝える。穂積が言われた金額を財布から探すのを待つ。

「そういえば下で成美ちゃんに会ったよ。挨拶してくれたんだけど最初誰だか分からなかったよ。成美ちゃん綺麗になったなあ」

秋山は二つの荷物を運びやすいように積み上げた。

「そりゃそうよ、あたしの娘だもの。なんてね」穂積は冗談ぽく舌を出してから、秋山に告げられた運賃を釣り銭のないように積まれた荷物の上に並べる。それから「いつも同じで悪いんだけど」と缶コーヒーをお金の横に置いた。

秋山は瞬きをする。穂積の腕がずいぶんと細いことに、この時初めて気づいた。穂積の全身を改めて見直す。

「ありがとう、これで午後も頑張れるよ。話は違うけど、穂積さんちと痩せたねえ」

秋山は眉根を寄せて穂積の表情を窺った。

「そうね。近頃、あんまり食べられなくて」穂積は寂しげに笑ったが、その笑みにどこかぎこちないものを秋山は感じた。触れてはいけなかったか。

「食欲の問題だけならいいけど……。それじゃあお預かりするね」

秋山はそう言うと荷物を二つ抱えて穂積の家を辞した。

トラックに戻り、荷台奥に穂積の荷物を二つ置くと、改めて全体を見渡す。まだまだ配達の荷物は大量に残っている。

と、その時携帯の着信が鳴る。番号を見ると西野からだ。何ごとかと秋山は電話に出る。

「秋山さん、こっち終わったんでお手伝いいたします」

秋山は一瞬考えたが時計を見るといい時間だ。

「おお、ちょっとお願いしようかな」

最近の西野はどこか頼もしい。率先して仕事を引き受けてくれるし、クレームも以前に比べればだいぶ少ない。考えてみれば、変化は西野だけではなかった。少し荷物が減っただけなのだが所員に若干の余裕が生まれ、皆が仕事に前向きになっている気がする。

荷受け制限がかかっているが、荷物はそれでもやはり多い。忙しいことに変わりはなかった。だが以前と違い、忙しい中にも秋山はなぜか心地よいものを感じていた。


その日の朝。昭和街送本社ビルの高層階。眼下には都心のビル群がどこまでも続く。エレベーター脇の窓から眺められる景色だ。

一人の男がその窓辺に立っている。時刻はまだ午前七時五十分。

男は支社長の吉住であった。トレードマークの童顔はどこへ行ったのか、まるで別人のように老け込んでいた。

吉住は時折溜め息を洩らしながら眼下の風景に目を遣る。幾多の人がビルの隙間を行き来しているのが見えた。この人たちは今何を考えているのだろうか。俺のように胸を押し潰されるような重圧と闘っているのだろうか。それとも今日の昼食のことでも考えているのだろうか。もしかしたら俺もここに来る途中はこうして高層ビルの上階からただの人として見られていたのだろうか。こんなに追い詰められているとも知らずに。

　吉住はそこで窓に映る自分に改めて気づく。我ながらやつれきった顔をしている。また大きな溜め息が出る。時計を見ると七時五十五分。

吉住は八時ちょうどになったのを見計らい、重厚なドアをノックした。

　すると秘書と思われる女性がドアを開け「吉住支社長ですね。どうぞお入りください」と招じ入れてくれた。

　室内には鋭い目つきの男が既に デスクの上に両の手を組み沈黙している。吉住は震える足をこの男の前までどうにか進めることができた。男は項垂れる吉住を見据えたままで何も言わない。この男から発せられる重い空気のせいで吉住はどうかなりそうになっていた。

「この度は誠に申し訳ございませんでした」たまりかねて吉住は謝った。

　男は目の鋭さをさらに増して上唇を舐める。

「お前の支社で起こっていることは全て聞いている。経緯説明や謝罪はいらない。知りたいのはこのあとどうするのかだ。吉住支社長」

「こ、このあとですか……」

　吉住は言葉に窮してしまった。曖昧なことを言ってごまかせる相手ではない。完全に解決しうることを言わなければならない。そう逡巡している吉住の前に先ほどまで机の上にあったはずの湯呑みが飛んできた。

「貴様、今日何しに来た！」

「も、申し訳ございません」

吉住が深々と頭を下げると、足元で湯呑みが転がっている。

「具体的にどうするかも考えずに、のこのこと俺の前にやってきたのか、馬鹿者が。そんなことだから反乱を起こされるんだ」

「申し訳ございません」今の吉住にこれ以上の言葉はなかった。

「いいか吉住、こんなものは、どうのこうのじゃない！　まず、その秋山とかいう所長を懲戒委員会にかけて辞めさせろ。理由は上長への反抗。職場の規律に著しく反した職務違反だ。続いて調子に乗って労基だのに垂れ込んでる奴、ストライキごっこみたいなことをやっている奴らも同罪だ」

「し、しかし常務、マスコミが既に動いていると本社広報からも……。そんなことをすればマスコミが一層騒ぐのでは」吉住は泣き出してしまいそうですらある。

「そんなものはもう解決済みだ。先日も新聞社が質問状など送り付けてきたが、広告費が欲しいだけだ。わんさと求人広告打ってやったわ。これから始まる粛清で欠員となった分の兵隊はそれで補え、分かったか！」

「あ、ありがとうございます」吉住は床につきそうなほど頭を下げる。

「まず、その秋山とかいうふざけた奴をお前が懲戒委員会にかけろ。その後は俺が料理する。聞けば定年対象者だそうじゃないか。今回、マスコミに払った広告費の足しにもならんが、そいつが受け取るはずだった退職金を充(あ)てるのも悪くない。しかし、そいつは使えそうな奴かもしれんな。俺に面白い考えがある」そう一気に話すと、男はほくそ笑むのであった。

「よ、よろしくお願いいたします」

吉住と常務である大鎌勝利(だいかまかつとし)の面談はものの五分で終わった。大鎌の性格から長引くことはないと思っていたが、想像以上の短さに吉住はかえって不安になった。大鎌の頭の中では既に何かもう策があるようだ。とにかく、すぐに秋山を懲戒委員会にかけなければならない。もたもた躊躇(ためら)っていれば自分の首が飛ぶ。吉住は大鎌の部屋を辞すると自然と足早になっていた。

秋山のもとに懲戒委員会からの出頭命令状が届いたのは、吉住が常務と面談した翌日であった。秋山が全体会議で吉住に意見してから三週間後のことだ。

「面倒くせえなあ」

その秋山は今、ドライバーの控え室でブロック長の都賀谷(つがや)、広域ブロック長の中埜(なかの)とその出頭命令状を囲んでいた。

「嫌疑は、公の場において上長に対して暴言を吐き、著しく会社の秩序を乱しただけでなく、他の者にもこれを強要し会社内広範囲において規律違反を煽動した疑い、だとさ」読み終わった秋山の表情が硬くなる。

「ずいぶん酷い言いようですね」都賀谷の黒目が小さくなっている。

「お前がジジイ狩りを俺にしてきたのが発端だ」秋山が隣に座っている都賀谷の肩を指で小突いた。

都賀谷は小突かれた肩を竦める。

「すみません。白鳥課長からの命令だったんです」

「それにしても、まんまと嵌められたな。三田が言ってたけど地獄の港北第一営業所も担当エリアの団地が昨年からの全棟改修工事で入居者が今ほとんどいないそうじゃないか。ドライバーたちは昼寝した後キャッチボールまでする時間があるらしいじゃねえか」

「すみません」

都賀谷は頭をぐしゃぐしゃと掻きだす。

「それより、懲戒委員会はまずいですね。場合によっては解雇です」

それまで黙っていた中埜がおもむろに口を開いた。

「クビ、ですか。あと半年で定年なのに。退職金はどうなるんですか」そう訊いたのは秋山ではなく都賀谷であった。

「従業員規則では懲戒解雇になった者には退職金と名の付くものは一切支払われません」

　中埜も秋山に同情してか顔を引き攣らせる。

「それは酷すぎる……。でもこの程度のことで解雇にできるんですか」都賀谷は再びそう中埜に訊いた。秋山は目を瞑って腕を組む。

「結論から言うと、できます。懲戒委員会は全員で九名。その合議で処罰が決定されるんですが、実際には合議とは名ばかりで懲戒委員会の長である常務取締役の一存でどうとでもなります。実は最近、他県でも秋山さんのように公の会議の場で会社の不正を質した者がいたんですが、その方は懲戒委員会にかけられて即解雇されました。ものの五分で終わったそうです。その時、決裁したのが常務である大鎌さんです」

　そう話した中埜は蒼ざめている。

「出る杭は打つというわけだな」秋山は目を閉じたままそう言葉を発した。

「ええ。それが今の昭和街送です。今回、他の営業所の数名にも懲戒委員会から出頭命令が来ているそうです。前例からみると全員解雇ということも十分に想像できます」

「秋山さんの言葉で、せっかく会社が変わる転機になると思ったのに。もし、今まで通りのことを続けていたら、全てが壊れてしまいそうです。人も今あるサービスも、そして会社すらも。それでも良いと思ってるんですかね上の人たちは」都賀谷は声を尖らせる。

「お前、最近ずいぶん俺に優しいな。白鳥に言われてジジイ狩りしようとしてたくせに」

秋山が横目で都賀谷を睨み茶化す。
「それは、もう言わないでくださいよ。何度も謝ってるじゃないですか」都賀谷は泣きそうな声を出す。
　秋山と中埜は都賀谷を庇うように大いに笑った。一通り笑い終えると何を話していたの
か忘れたような沈黙が訪れた。沈黙を破ったのは中埜であった。
「この間、本社の同期と飲んだ時の話なんですけど、もう一つ不安なことが……」
　中埜はそこまで言うと口を閉ざしてしまった。再び沈黙が訪れる。
「なんだよ、面倒くせえなあ。そこまで言ったら全部言えよ」秋山が煽る。
「すみません。では、ここだけの話ということで……。秋山さんの件とは関係ないのです
が、どうも近い将来サガルマータとうちが提携するらしいんです。その結果、帝国急輸が
今扱っているサガルマータの荷物が全てうちに流れてくるそうです」
「うちって、昭和街送にか？」
「ええ」
「今でもパンク状態なのに。誰がそんなの配達するんですか」都賀谷が吠える。
「会社は現場から上がってくる嘘の数字で計画を立てています。サービス残業はおろか休
憩時間がないことも本社の連中は知りません。いや、知っていても知らないふりをしてい
ます。まだ現場に余裕がある前提なんです」中埜は真一文字に口を結ぶ。

「でも、現状でそんなことをしたらさらに退職者が増えて会社は本当に潰れてしまうぞ。いくらサービス残業したって一日に人間がこなせる労働量には限界がある」秋山が怖い顔をする。

「本社の連中も幹部たちも自分の出世と保身しか考えていないんです。現場がどうなろうが、顧客がどうなろうが、ひいては会社がどうなろうが自分の評価が上がれば、それでいいんです」

「会社が潰れたら元も子もないのにか」

「ええ。完全に病んでいます。今の昭和街送は本社、支社幹部たちの出世競争のために現場が踊らされています。強いトップダウンと機能しない労働組合は現場の痛みを感じ取ることはありません」

「そんなになっちまったのか昭和街送は……。副社長の青坂さんも駄目か」

青坂は創業社長の松平の頃からの取締役として会社を牽引してきた。松平の右腕であり名参謀と呼ばれていたが、腰が低く温良恭倹の人でその人柄が経営にも生かされていた。昔からの取引先や株主にも顔が利くという。

「難しいみたいです。昭和街送の大きな波には抗えないようです」

「そうか……」

一体、この会社はどこに向かっていくのか。秋山は自身の運命もさることながら、昭和街送という巨人がその四肢を腐らせながらも走っていく末路を考えると、答えは一つしかないことに気づくのであった。

定年の日まで一六五日

秋山に対する懲戒委員会は新宿にある昭和街送本社で行われた。吉住が先日、常務である大鎌と五分間の面談をしたビルでもある。

秋山は十五分前に指定された部屋の前に到着すると、表情のない若い女性社員に「こちらで少しお待ちください」とパーテーションで区切られた小さな会議室に案内された。

こんな小さな会議室でやるのだろうかと疑問を抱きつつ、どうもこういう所は苦手だと思いながら秋山は時計を何度も見ていた。すると、ちょうど招集時刻になったところで先ほどの女性が現れた。

「お時間になりましたので」と相変わらずの無表情で手を外に向けて部屋から出るように促す。女性は秋山を連れ立ち同じフロアのほぼ反対にある部屋の前で足を止めた。

「こちらになりますので、どうぞお入りください」とだけ言って女性社員は戻っていってしまった。見ると室名札に『第四十八回懲戒委員会』と紙が貼られている。

秋山はノックをして入室した。

室内は広い。窓は一つもないようで薄暗かった。正面に長机があり九人の男が秋山に対峙している。

「社員番号と氏名を言いなさい」一番右端の男が機械のようにそう命令した。

これじゃまるでドラマで見る最高裁判所だ。秋山は九人の前にポツンと置かれたパイプ椅子に座るよう促されたのでゆっくりと腰を下ろした。

真正面の男と目が合った。秋山と同年齢か少し年配のようだ。九人のちょうど真ん中に座るその男は他の八人とは明らかに放つ空気が違う。

重い。

この男が常務取締役の大鎌かと悟った。そしてその男がおもむろに口を開いた。

「お前が秋山か。それにしてもずいぶん派手にやってくれたなあ。おかげでお前の支社内は蜂の巣でもつついたような騒ぎだ。出火元はお前だという話だがどうなんだ」男は笑みこそ湛えているが目の鋭さが尋常ではない。

「よく分かりませんが、私は会議で、真実を言っただけです。それに皆が気づいたんじゃないのでしょうか」

「何に気づいたんだ？」

「現状の昭和街送が異常な労働環境だということにです。そして黙っていても何も変わらないどころか、増々悪くなるだけだということにです」秋山はそう言った。

「異常の何が悪い」大鎌は鼻で笑うと、やおら言葉を続けた。

「いいか、人と同じこと、当たり前のことをやっていて生き延びられるほど世の中は甘くない。ぬるい環境を望んでも待っているのは苦労だけだ。逆に苦しい現状を求め、それに立ち向かってこそ人は磨かれ、富を得るんだ。俺は好んでそんな環境を生きてきた。だから今の地位がある。逆に、お前は定年間近になっても所長でしかない。これが生きる姿勢の差だ、分かるか」大鎌は大きく見開いた目を秋山に向ける。

「なるほど、そうかもしれません。では、現状の異常な環境を耐えろということですか?」

「当たり前だ。寝ぼけたことを言うな。お前たちは自動車の運転免許しか持っていないんだぞ。にもかかわらず相応の給料をもらっているはずだ。しかも配達なんて誰にでもできる仕事だ。それで労働環境まで云々言える立場か」

大鎌は机に頬杖をつき呆れた顔で秋山を見る。

「働かせてやってるんだぞ、ということですか」

「そうだ」

「顧客はどうなるんですか。現状では満足なサービスは提供できない。荷物は破損が多く、約束した時間内に配達もできませんし、会社の言っている時間内では残貨も出ます。それを、どうにかサービス残業で間に合わせているのが現状なんですよ」秋山は膝の上の拳を強く握りしめてそう言った。

「それがどうしたんだ。嬉しい悲鳴じゃないか。世の中には、仕事を探してくるのが仕事の人間もいるんだ。営業職がその例だ。お前たちはその苦労を知らない。初めから仕事を与えられているからだ。つまり仕事があることの有難みも分からず給料だけ貪っておいて働きたくないと言っているんだ。だから、客に迷惑が掛かるだの的外れなことを言いだす。迷惑が掛かったら謝ればいい。もっと顧客が満足するように努力すればいいだけだ。それが時間外の労働だろうとサービス残業だろうといいじゃないか。仕事があることへの感謝がないからそんなへ理屈が出てくるんだ。そんな人間はわが社にはいらないよ」大鎌は吐き捨てる。

「それじゃあ、人はいなくなるばかりです」

「いなくなった分は補充すればいい。ただそれだけだ」

「過労の末、命すらも落とす者がいてもですか」

「うちに何人の社員がいると思ってるんだ。十一万人だぞ。それはそういう人間も数の中にはいるはずだ。それに仕事で死ねるなら本望だろ」

　秋山は二の句が継げなくなっていた。おそらく、この大鎌とかいう常務は自分の言っていることが絶対の真理だと信じて疑っていない。嘘でもなければ虚勢を張っているわけでもない。

秋山は膝に置いた自身の両掌を見る。両膝の上で固く握る手が小刻みに震えていた。あの時と同じだ。

三十年前、あの事故を目の当たりにして膝から崩れ落ちた日の自分と重なった。

「我々がハンドルを握っていることをお忘れじゃないですか」

秋山の声が一段と大きくなった。

「そりゃあ運転手だから握るよなあ」

大鎌は眠そうに目を擦る。

「ほんの一秒のハンドル操作がその後何十年、そして何人もの人生を大きく狂わせるんです」

秋山は大鎌を強く見据える。

「何を言いだすかと思えば、そんな子供みたいなことをぬかすか」大鎌は頬を崩して笑いだし、「それで」と促した。

「車は一つ間違えば簡単に人を殺せる凶器なんです。その凶器を荷物と時間に追いつめられた人間が扱えば事故が起こる確率は高くなる。最近の事故の増加は危機的状態だ。人身事故も全国でいくつも起こっている。それをどうも思わないのですか」

「事業を行う上ではリスクがついて回る。そのリスクを恐れていては何もできない。そういうことだ」大鎌は面倒くさいという表情になっていた。

「未必の故意。という言葉があるそうです。あなたの言っていることはそれに近い」

「弁明は以上か。俺は長々やるのが大嫌いなんだ。そろそろ、処分を言い渡すが、今回はお前に決める権利を与えてやる。二択だ」

「二択？」

「そうだ。一つ目、懲戒解雇」

「……」想像していたこととはいえ秋山の表情が強張る。そんな秋山に大鎌は容赦なく浴びせかける。

「二つ目、お前が支社長をやれ、そしてこの騒ぎを収めろ。苦しい環境だが耐えろとお前が社員たちに言うんだ。お前が言えば収まる気がする。吉住ではさらに騒ぎが大きくなるだけだ。あいつは次長に降格させる。だが実際の実務は吉住にやらせる。お前は椅子に座って反乱分子の懲戒書類にハンコだけついていればいい。お前が判をつくのに意味がある。お前は反乱分子たちのカリスマなんだろ。もうすぐ定年なんだろ。最後にいい思いをさせてやるよ。退職金だってもらえるどころか増額になるはずだ。支社長で定年退職すればな。だが懲戒解雇なら一円も払わない。どうする？」

「人をバカにするのもいい加減にしろ！」

　秋山は反射的にそう叫んでいた。

「それがお前の答えなんだな。追って書面で言い渡す。今日は帰れ」大鎌は犬でも追い払うように手を振った。

秋山の懲戒委員会は十五分で終了した。


秋山は昭和街送の東京本社を出た。外は厚い雲に覆われて今にも降りだしそうであった。最寄り駅を目指し歩きだしたが、途中、何度となく振り返って本社ビルを顧みた。

三十五年前、秋山が昭和街送に入社した頃にも本社はここにあった。当時は三階建ての大きな営業所でしかなかった。そこから数十台のトラックが都内の荷物を配り、集めていた。

営業所の一階に事務所があり、社長もそこにいた。

当時の社長は創業者である松平桜乃輔だ。小柄ではあるが活力の漲った人であった。

秋山は社長から直接仕事を教えてもらった頃のことに思いを馳せた。

松平が自らトラックを運転して秋山たち新人に手ほどきをした。よく通る声の持ち主だった。

「とにかく安全第一だ。それだけ気をつけてくれればいい」松平は二言目にはそれしか言わなかった。

松平の安全に対する拘りは昭和街送の集配車の色に表れていた。どこでも目立つようにと淡い橙色を基調としている。見ようによっては薄いピンク色にも見える。トラックから軽自動車まで全てがこの色をメインカラーとしていた。松平はそれを、「俺の名前を取って桜色だ。この色は都心だろうが山の中だろうが一番目立つ。少しでも事故の確率を下げたいからこの色にしたんだ」と言っていたのを、秋山はことある毎に思い出す。

そんな松平は小さなことでもよく褒めてくれた。やんちゃばかりして大人に褒められた経験などなかった秋山は褒めてもらえることが素直に嬉しかった。

もっと褒められたい。

その一心で仕事を頑張った。一年ほど松平のいる営業所で育った秋山は拠点を増やすということで異動になった。通勤時間もそれほど変わらない所に松平はアパートを一棟、寮として借り上げてくれ、その一室に住んだ。

異動したあとも秋山はがむしゃらに働いた。時折、松平が訪れ声を掛けてくれる。その時に良い報告をしたい一心だった。お金とか地位よりも松平に褒められることが嬉しかった。秋山にとって人に初めて認められることの喜びを知った時期だった。

あれから三十五年。まさに定年間近で会社を去らなければならなそうだ。雅子は何と言うだろうか。それを考えるとこの曇天のように心が暗くなる。結局、あいつには苦労ばかりかけ続けてしまったようだ。退職金が入ったら好きな旅行にでも連れていってやりたかったがそれも叶わなそうだ。あいつに今日のことを言えば笑って許してくれるだろう。それだけに辛い。秋山の脳裏に雅子の苦笑する顔が浮かぶ。その時だった。

「失礼ですが秋山さんですよね」

振り返ると中年の男が硬い表情で立っていた。黒縁の眼鏡をかけ、人の好さそうな瞳で秋山を見据える。だが見たことのない顔だ。

「突然に申し訳ありません。私は昭和特輸の陣内と申します」

男の表情は初対面ということを差し引いても張りつめたものを感じる。

「昭和特輸?」

昭和特輸といえば昭和街送のグループ会社だ。そんなグループ会社の人間が何の用だろう。秋山は目を細める。

「不審に思われるのもごもっともです。昭和街送グループのことで秋山さんにどうしてもご相談したく、お声を掛けてしまいました。秋山さんのお名前は西城さんから聞いています」

「西城!　西城を知っているのか?」

陣内は深く頷く。久しく聞かなかった名前だったが秋山がもっとも聞きたかった名であった。

西城を知る目の前の陣内という男は昭和街送のことで何を相談したいというのか。秋山は胸の高鳴りを聞くと同時に得体のしれない不安を感じた。


秋山は雑居ビルの一階にある喫茶店にいた。

　窓からは昭和街送本社ビルが見えた。秋山の目の前には昭和特輸の陣内という男がいる。二人の間には厚い無垢材でできたテーブルがあり淹れたてのコーヒーが二つ並ぶ。店内に客は秋山と陣内の他にいない。奥で店主が新聞を広げてうつらうつらとしている。

　男は名刺を秋山の前に差し出した。

「お忙しいところ、お時間作っていただきありがとうございます。昭和特輸、経理部部長をしております陣内と申します」男はそう自己紹介するとつむじが見えるほど頭を下げた。腰の低い男だ。

「今日はもう帰るだけだから……。まずもって、昭和特輸の経理部の人がなぜ西城を知っているんですか」秋山は差し出された名刺を繁繁と見た。まずそこから訊きたかった。

「それは、西城さんは昭和特輸の社員でしたから」

「そうなのか」秋山の初めて知る事実だった。

「西城さんは昭和特輸で交通事故対策課の課長を長いことやられていました。当時、私は西城さんの下で働かせていただいており、その時、秋山さんのお名前を何度か伺ったんです」

陣内はそこまで話すと目の前のコーヒーを初めて口にした。

「西城は今も元気なのか」

「分かりません。西城さんは十年ほど前、昭和街送に戻られました」

「じゃあ、西城は今昭和街送にいるのか！」

秋山の声が大きくなる。

「そのはずです。私の知る限りでは西城さんは関西方面の交通事故対策の要職に就かれているはずです」

秋山は食い入るように陣内の話を聞いた。そんな秋山の目は陣内に話を促させた。

陣内は西城のことを自らの記憶を辿りながら話しだした。

西城が昭和特輪に入社してきたのは二十数年近く前の話であった。入社時から西城は昭和特輪の交通事故対策課に配属されたという。

当時、昭和特輪は昭和街送のグループ内でも際立って交通事故が多く、それを十年かけて減らしたのが西城であった。現在でも昭和特輪の事故率はグループ内でも極めて低い。他の運送事業者と比較しても驚異的な事故率の低さだという。それは西城の功績なくしては成し得ないものだったと陣内は言う。

逆にグループの中心である昭和街送の事故率が高くなっていた。そこで西城に声が掛かったのが十年前のことであった。陣内の説明を裏付けるように、秋山は関東に比べて関西の事故率が桁違いに低いのを思い出した。それもここ十年での出来事だった。まさかそこに西城の働きがあったとは秋山は自らの無識を省みずにはいられなかった。

「西城は生まれも育ちも鎌倉の人間だったはずだ。それが関西方面への会社を跨いでの異動とはずいぶん酷い。まるで盥回しだ」秋山は西城の気持ちを推し量ると胸の痛くなる思いがした。

「いいえ。西城さんは使命感のようなものを持ってその辞令を受けていました。その人事にはかなり上のほうの力が働いていたようです」と陣内は言い添えた。

秋山は目頭が熱くなる。西城の行方は秋山にとって長年抱えていた憂慮であった。その西城が不遇な運命にも負けずに生きているどころか、その不運を生かす形で現在も同じ会社で働いていることを知ると重荷を降ろしたような心境にもなる。

「それで昭和街送グループのことで俺に話とは？」

秋山は自然に本題へと陣内を促した。

「ご存じないと思いますが、特輪は来年の三月をもって廃業します」陣内の表情に悲痛なものが滲む。

「そうなのか。特輪といえば現金輸送とか美術品や高額商品の輸送をしていたはずだ。それなりに需要もありそうだけど……」

「年々売上が落ちていたんですが、どうにか本業では黒字を続けていました。原因は全く別のところにあります」

「別のところ?」

「裏で行われていた多額の不正な出費が回収不能となります。それが原因です。おそらく最終的には昭和街送への吸収合併という形をとるでしょう」陣内の肩が震える。それ相応の覚悟を持って今この場に臨んでいることが分かる。

「よく特輪の車を見るよ。昭和街送ほどでないにせよ特輪だってそれなりの規模の会社だけど、それがどうして。一体いくらどこに金を廻したらそんなことに」秋山は首を傾げる。

「金額は六十億。その金額が全て闇に消えます。金の行き先はある個人のもとに」

「個人? 誰のもとに行くというんだ、そんな大金」

「驚かないでください。金の行き先は昭和街送代表取締役会長兼社長である加神康雄です」

「まさか……」

秋山は絶句する。加神に限ってそんなはずはない。秋山は窓から見える昭和街送本社ビルに目をやっていた。ついさっきまでいたビルのどこかに加神のいる部屋があるはずだ。

加神が昭和街送の社長に就任したのは今から五年ほど前のことであった。秋山は当時のことを思い出していた。

なるべき人間がなった。

加神を知る秋山は当時そう思った。加神は秋山の人生の中でもっとも人の上に立つのに相応しい人間であったからだ。清廉潔白かつ利他的であり一緒に働いていた頃から人の嫌がることを率先してやっていた。

さらに天は二物も三物も与えるらしく、西野並みの上背の持ち主であり、冴木が騒ぎだしそうな美男でもあった。気がつくと女性スタッフは加神のトラックばかりに集まって作業をしている。にもかかわらず本人はそれを鼻にもかけず、そんな女性スタッフたちを諌めるなどという一幕もあったりした。その人格から秋山が後任の所長として推薦したのが加神であった。

その後、加神は面白いように出世していった。ついには三十年で社長まで昇りつめ、ついに二年前会長職も兼任するようになった。

加神が社長に就任する以前も昭和街送の忙しさは異常を極めた。そこには利益至上主義の前任の社長の影響が多分にあったからだ。

加神を知る秋山は会社が創業社長である松平の時のように、人命を尊重する温かみのある会社に回帰すると期待した。

ところが秋山の期待に反して会社の方向性は変わらなかった。変わらないどころか輪をかける状態となった。加神の発した『一増一減計画』だ。加神の人格と行動力をもってしてもこの巨大な組織のベクトルと体質は変わらないのだと秋山は失望した。その会社に対する失望を負ったまま定年間近となっていたのだった。

「加神はそんな人間ではないはずだ」

そう陣内に告げる自分の声に怒気が含まれていることを秋山は感じた。

「俄かには信じられないのはごもっともだと思います。ですが事実です。しかも、決して公にされることのない真実です。もし嘘だとしてもそんな嘘を私も初対面の方には話しません」

二人の間に沈黙が落ちる。

しばらくの後、陣内は説明を始めた。

昭和特輸は二年ほど前から「ネクスト・ロジラボラトリー」という海外の会社へコンサルタント費用や研究費の名目で出資していたという。その額は月に数億円前後で毎月変動していた。このネクスト・ロジラボラトリーへの出資を指示したのが昭和特輸の取締役であり、特輸の親会社である昭和街送社長の加神であった。あまりに費用が高額なことから不審に思った陣内がネクスト・ロジラボラトリーを調べると、全くのペーパーカンパニーであることが判明した。さらに調べると代表者が加神の親族になっていることを突き止めたというのだ。秋山は突然のことで陣内の話を咀嚼できずにいる。

「仮に事実だとして、どうしてそんな話を俺にするんだ。定年間近の平社員の俺に」

秋山は釈然としない表情で疑問を投げかける。

すると陣内は身を乗り出して秋山を見据えた。

「今回、公の場で秋山さんが支社長に意見したことを聞いています。そして西城さんが昭和街送にいた頃の所長としての秋山さんの仕事ぶりも聞いています。私の他にも何人かはこのことを知っています。ですが相手が大きすぎて皆知らないふりを決め込んでいます」

「面倒くさいからな」秋山は呟く。

「この昭和街送グループ十一万人の中で加神会長に意見できるのは秋山さんしか私は思い付かなかったんです。秋山さんが最後の一人なんです」

「買いかぶりすぎだよ」

「いえ、秋山さんが最後の一人です」

陣内は語気を強めた。

秋山は陣内から視線を逸らし再び店主のほうへ目を向けた。店主はいつの間にか腕組みをして転寝をしているようだ。店主の横にはレジがあり木製の万年カレンダーが置かれている。

十月十八日。

ちゃんと今日の日付になっている。これを直すのが店主の日課のようだ。今年もあと三カ月を切っている。そして秋山の定年の日までも半年を切って久しい。にもかかわらず今日、懲戒解雇を予告され、さらにはそんな自分に追い打ちをかけるように三十五年働いた会社の不正を打ち明けられるのであった。しかも当の会長兼社長を諫めろという。秋山は自分の置かれている立場を省みると可笑(おか)しくなり、自嘲(じちょう)せざるを得なくなっていた。

「面倒くせえな」

秋山は同意を求めるように陣内に言った。

「ええ、ごもっともです」

陣内も苦笑しながら頷いた。


秋山がその日、帰宅したのは午後六時を過ぎていた。昭和特輸の陣内との話は一時間ほどであったが、その後、秋山の足は家路から遠のいた。

理由は妻雅子へ何と話したらよいかという問題だった。今日懲戒委員会に呼ばれていることは既に話してある。だけれども、そこから予測された結果については夫婦とも触れらずにいた。秋山としても悲観的な憶測だけで余計な心配を雅子にかけたくはなかった。

結果として当初抱いていた心配は憶測などではなく当然の帰結だった。

秋山は最寄り駅で降りると、自宅とは正反対の北口に出て理由もなく川辺などを歩いていた。そうしているうちに陽(ひ)が茜(あかね)色になりだしたので結局考えの纏(まと)まらないまま家路へとついた。

帰宅した秋山は敢(あ)えていつものように振る舞うことにした。

キッチンにいるであろう雅子に帰宅の言葉をかけ、そのまま自身の部屋に行き着慣れないスーツをハンガーに掛けた。

そこで秋山は半年前に東洋電子で高井と話した時のことに思いを馳せた。

高井は定年の日、「一張羅だ」とはにかんでスーツの襟をつまんでいた。高井は無事に定年を迎え今第二の人生を歩んでいるのだろう。それに引き換え定年半年前に解雇を言い渡された自分を顧みる。あの時、高井と話していたように会社員らしく大人しくしていれば違った現在があったのかもしれない。

スーツをクローゼットに収め居間に行くと夕食のおかずが並べられていた。

「慣れないことをすると疲れるな」秋山はそう呟きながら腰を下ろした。

「結構時間かかったのね。どうでした委員会は」雅子はキッチンで目を伏せたまま訊いた。

「ああ、クビだって」

今までの逡巡が嘘のようにするりと秋山の口からその言葉が出ていた。

「そう」

雅子もたいしたことでもないように返事をする。

ぐつぐつと何かを煮る音だけが部屋の中で響く。秋山は聞くともなくその音を聞いていた。

「二人で働けば大丈夫よ」雅子は自分に言い聞かせるようにそう言った。

「すまない」

「ジジイ狩りで退職に追い込まれるよりましよ」

カチリと火を止める音がした。

雅子は何かを御椀によそっている。ほどなくして湯気の立った豚汁を二つ盆にのせてきた。

テーブルにはカツオのタタキとさつま揚げを焼いたものが既に並んでいる。どれも秋山の大好物だ。雅子も今日のことをいろいろと案じていたのだろう。

「あなた、この半年、生き生きしてたわ。結婚する前のあなたみたいだった」

雅子は表情を和ませて秋山を見る。

秋山は黙って二つ頷くと目を閉じて温かい豚汁をすすった。

染み入るような温かさだった。


翌日の朝、秋山がタイムカードを打刻し事務所に入ると十五、六畳しかない室内に港北第三営業所のほぼ全員が揃っていた。休みのはずの熊沢や福岡もいる。

「どうした、みんな揃って」

秋山は驚いて皆の顔を見渡すが全員が喉に何かがつまっているように押し黙る。すると、

「秋山さんがクビになったらあたしたちも会社を辞めます！」

冴木が今にも泣きだしそうな表情で皆を代表したようにそう叫んだ。後ろでスーツ姿の

中埜や都賀谷まで頷いている。

「ちょっと待て。そう言ってくれるのは嬉しいが、それじゃあ港北第三営業所はどうなる。荷物を待っているお客さんはどうなるんだ。若いお前たちが辞めたら昭和街送の未来はどうなるんだよ」

「もうこんな会社どうだっていいですよ。どうせ上の連中だって自分のことだけで会社のことなんて考えてないんですから」

そう口を尖らせたのは意外にも都賀谷だった。白鳥に指示されたとはいえ「ジジイ狩り」を秋山に企んだ都賀谷だったが、一連の騒動で都賀谷なりに考えるものがあったのかもしれない。いや、会社上層部の人間たちを知る都賀谷は、秋山よりもはるかにその腐敗を直に肌で感じていたのかもしれない。

秋山はどう言葉を繋いでいいか分からなくなっていた。昨日、常務である大鎌に解雇を宣告された時よりも言葉に詰まった。

今の昭和街送の労働環境と、出世競争に明け暮れて従業員はおろか会社の未来すらも踏み台にしている上層部の連中のことを考えれば、都賀谷の言っていることは当然の帰結かもしれなかった。だが秋山が次の瞬間に投げた言葉は全く逆のことであった。

「他人のせいにするのはやめよう」

皆が瞠目する。

うた。


「どういう意味ですか秋山さん」そう秋山に問うたのは宇佐美だ。

宇佐美は先日の事故以来、まるで生気が抜けたように営業所の片隅で過ごしていた。事故の内容が内容だったため未だに乗務の許可が出ていない。宇佐美は事故当日に秋山に溢したように真剣に進退について考えていた。その宇佐美が何か救いを探すように秋山に問うた。

秋山は宇佐美を見据える。それは心身ともに弱り切った宇佐美には厳しすぎるほどに強い目つきだった。

「たしかに経営側も悪い。だけど、上を恐れて嘘の報告ばかりをしていた俺たちも悪いんじゃないのか！」

「俺たちがいつ嘘の報告をしたって言うんですか」皆の後ろで頭一つ抜きんでている西野が心外だといわんばかりの表情で叫んだ。

「ついこの間まで、上司を恐れてサービス残業してたじゃないか。出勤時間前に作業をし、退勤のタイムカードを打ったあとに残った仕事をしていたじゃないか。飯すらも食っていないのに休憩を取ったと申告していたじゃないか」

「それはそうしなければ終わらないほどの量の荷物を現場に落としてきたからじゃないですか」西野は納得のいかない表情で言い返す。

「それでも実際に働いた時間の申告はできたはずだ。なぜそれをしなかった」

「……」西野だけでなく皆が重く口を塞ぐ。

「自分の保身ばかり考えていたのは背広組だけの話じゃない。俺たちもそうだったんだ。違うか?」

皆が視線を落とす。秋山は続けた。

「俺はあと何日この会社にいられるか分からないが、できる限りのことはするつもりだ。昭和街送はまたいつか昔のように、社員にもお客さんにも温かみのある会社に戻れるはずだから。さあ仕事、仕事!」秋山はそう皆を促した。

定年の日まで一五〇日

秋山が懲戒委員会に呼ばれてから数日後に、一カ月余り続いた荷受け制限は突然に解除された。

それまで制限されていた荷物は堰を切ったように押し寄せ、以前にも増して現場のドライバーたちは集荷・配達に追われることとなった。

元の木阿弥となった現状に嫌気が差し昭和街送を去って行く者はあとを絶たず、残された者への負担はより一層重く圧し掛かるのであった。

秋山のいる港北第三営業所も大量に到着する荷物を皆で協力し、どうにかその日の中に配り終えていた。広域ブロック長の中埜やブロック長の都賀谷、朝作業スタッフで時間のある何人かも配達に加わり、一日一日をどうにか凌いでいるというのが現状であった。それでもサービス残業だけは絶対にしないことを守り抜いていた。

そんな日々が数週間ほど続いたある日、秋山は中埜に呼ばれて広い構内の片隅、車両の備品などが置かれている棚の前にいた。

金属製のそれは三段になっていて、最下段に予備のバッテリー、中段に雪用のチェーン、上段に工具や替えの電球が置かれている。その棚の横には洗車用のブラシや洗剤が置かれているが、久しく使っていないので分厚い埃をかぶっていた。

「とうとう解雇の通達が来たかと思ったら違うんだな」秋山は残念な気持ちと安堵の入りまじった笑みを浮かべる。

「来るにしても時間はかかるはずです。一応、常務が決定したら揺るがないのですが、労働組合本部や取締役会の承認を経ないとならないので」

「図体がデカい会社だからこんな時救われるわけだな」

「ええ。それとこれは噂なんですが、全国的に離職者があまりに多いので労働組合本部が解雇の承認を遅らせているという話もあります」中埜は声を潜める。

「採用も進んでないわけだ」

「いくら募集しても全く人が集まらないようです。いまや昭和街送のブラック企業ぶりはネットで大分浸透しているようですからね。ネットの書き込みはいくら広告宣伝費を打っても隠せませんから」

中埜は打つ手がないというように溜め息をつく。

「嘘のつけない世の中になったなあ」秋山は腕を組む。

「まったくです。このままでは本当に労務倒産に陥ります」中埜はまるで自分が職を失ったかのような表情だ。

「そうだな……。それで話っていうのはなんだ?」秋山は思い出して中埜に訊いた。

「ああ、そうでした。県南第一営業所が危機的状態らしくて、うちからもヘルプを出さなければならなくなってしまったんです」

「県南第一といえば三田が所長のところだよな」

「はい。なんでも、所長の三田以外ドライバーから事務員、作業員まで全員辞めてしまったそうです」

「全員!」

秋山は信じられないとばかりに目を丸くする。同時に慌てふためいている三田の姿を思い浮かべた。とうとう事態はそこまで来ているのかと思うと、何か恐怖すら感じずにはいられなかった。

結局、三田のいる県南第一営業所へは以前この地域を回ったことがあるということで、秋山とブロック長の都賀谷、さらに朝作業スタッフの中から金さん銀さんの二人の総勢四人で行くこととなった。

当日は港北第三営業所で待ち合わせをして、都賀谷の異常に車高の低い車に四人が乗り三田の待つ県南第一営業所へと向かった。

秋山たちはそこで経験したことのないほどの残貨の山を目にすることになる。

小学校の体育館ほどの広さの構内に、うず高く積まれた荷物の山がいくつもある。事務所からは早朝にもかかわらず電話の音が鳴り止まない。おそらく届くはずの荷物が届かなかった客や、苦情を受けている発送店からの電話であろう。

秋山たち以外にも他の営業所から何人かヘルプが来ているが、皆一様に目の前の荷物の山に言葉も出ないようで何もできずにいた。

この営業所の唯一最後の人間である所長の三田の指示を待たなければならない。だが、その三田は今、営業所の出入り口で一人の男性に怒鳴りつけられている。聞こえてくる内容から、男性は荷物が一向に配達されないので直接取りに来たが、三田はこの山のような荷物の中から男性の荷物を探し出すことは不可能だと説明しているようだった。

そうしているうちに昭和街送と書かれた薄紅色の大型車が営業所の前で停まると、ハザードを出しバックで敷地内に入ってきた。さらなる荷物が到着したようだ。

エアーの抜けるプシューという音を立てて大型車は停車すると、ほどなくして運転手が慣れた手つきで荷台の扉を開け荷物を降ろしていく。といっても構内は既にいっぱいなのでアスファルトの地面に並べていく。幸い軒が大分出ているのでどうにか屋根の下に収まっているが、雨が降ってくれば濡れずには済まなそうだ。

三田は相変わらず捕まっているので、ヘルプに来ている者たちはとにかく荷物を降ろすことを手伝う。全ての荷物を降ろし終わると大型車の運転手は「それじゃあ頑張って」と去っていった。

大型車が出て行くと荷物の山はさらに増えた。これを見て、三田に文句を言っていた客もどうにもならないことを悟ったのか悄然とした様子で帰っていく。三田はその男に軽く一礼すると、こちらに歩いてきた。

「いやあ、皆さんお待たせしました。秋山さんもまだクビになってなかったんですね。よかった、よかった」三田は意外にも明るい表情である。事態がここまでになっては開き直るより他にないようだ。

「それにしても一斉に所員が辞めるとはお前相当に無理なことをさせたのか」秋山は荷物の山を見ながら訊いた。

「そんなことないですよ。所員とは上手くやっていたつもりです」三田は滅相もないと首を振る。

「じゃあどうして」

「変に期待させてしまったのが原因ですね」

「期待?」

「ええ、これで会社も懲(こ)りただろうから、もっと従業員を大事にするだろうと、期待させてしまったんです。その期待が裏切られたんで、みんな嫌気が差して辞めてしまったんです。期待させるようなことを言ったのは僕なんですけどね」三田はお道化(どけ)たような顔をしたがどこか寂しそうであった。と、その時だった。

「あんたが秋山か!」

強い敵意を含んだ声のするほうに首を向けると、他の営業所から来ているヘルプの一人が秋山を睨(にら)みつけている。

胸につけている名札に目を落とすと「米澤(よねざわ)」と書かれていた。背が高く体躯(たいく)のしっかりした男だ。歳(とし)の頃は三十前後と思われる。秋山は米澤のほうに顔だけでなく体も向けると自分が秋山であることを告げた。

「あんたが余計なことをするから、こんなことになっちまったんじゃねえのかよ」米澤は秋山に摑(つか)みかからんばかりの勢いで詰め寄ってきた。

「おい、黙ってたらよくなったのかよ。黙ってた挙句こうなっちまったんじゃねえのかよ、この会社は」そう爆発したのは秋山の隣にいたパンチパーマ都賀谷であった。都賀谷が米澤の目を突きさすように睨み返す。

場に緊張が走る。秋山は何も言わず米澤を見据えていた。

米澤はよほど頭にきているのか握った拳が小刻みに震えている。都賀谷が米澤ににじりよる。一触即発の事態。

「オイオイ！　喧嘩するなら帰ってもらって構わないよ。そんな暇があったら一個でも二個でも荷物を減らしてもらわないと困るんだから」

三田が都賀谷と米澤の間に入った。

米澤はまだ言い足りない顔だが三田の言うことがもっともだと思ったのか、「それもそうですね」と自分に言い聞かせるように呟くと、秋山と都賀谷に一瞥をくれて元いた場所に戻っていった。

「それではさっさと割り振りを発表しますね」

三田の指示は総勢十六人のヘルプ要員を二人ずつの八グループに分け、七グループが配達に向かい、一グループが構内に残って荷物を整理するというものだった。構内に残って作業するのは港北第三営業所の朝作業スタッフである金銀コンビだ。

秋山は都賀谷と組み配達に向かうこととなった。秋山が以前この地域を回っていたのは二十年以上も前のことで、秋山自身の記憶も朧気だが街自体も大きく変貌を遂げていた。

そのため、初めて回るのと等しかった。

三田から地図を渡されたものの自分自身が今現在どこにいるかも迷う始末で、初日の午前中はまったくと言っていいほど配達が進まなかった。軌道に乗り出した頃には陽がだいぶ傾き、通行人も帰宅のそれへと変わっていた。

結局ヘルプ初日に配達できた数は二人で二百個ちょっとであった。それでも他のヘルプ班に比べればだいぶ多いものであった。秋山たちヘルプ要員は一週間の予定で計画されていた。それ以上にヘルプを出してしまうと自店がパンクしてしまうことになる。

一日目の成果から計算すると、残された六日間で三田の営業所に滞留した荷物の山を全て解消することは不可能に見えた。明日にもまた大量の荷物が到着する。

そんな見通しのつかない状況に僅かな光明が見えたのは、実にヘルプ四日目の夜のことであった。その日、秋山と都賀谷は一日で六百個以上の荷物を配達した。この多大な成果は配達エリアに慣れてきたこともあるが、構内での作業に徹していた金銀コンビの働きによるところが大きかった。

金銀コンビは荷物の減少で構内に若干のスペースができてくると、それまで到着日毎に並んでいた荷物を地域ごとに並び替えたのであった。すると同じ家に複数回配達する手間が減り一軒に何日分かの荷物を纏めて配達することが可能となった。ただ、その際に荷物を待ち侘びていた客から苦情を言われることも度々ではあったが。

ヘルプ五日目を終えた時には荷物の山は半分以下となっていた。

「この調子なら明日、明後日で目途が立ちそうです」三田は構内を見回すと感激のあまりか秋山の肩を揉みだす。

「最初は到底無理かと思われたが何とかなるものだな」秋山も嬉しそうに応じる。

「それにしても秋山さんと都賀谷さん、今日何個配達したんですか？」三田が尋ねた。

思い出したとばかりに腰にぶら下げていたポータブル端末の画面を秋山は見た。

「二人で六百五十三個だ」

「これ、たぶん記録ですよ。初日に秋山さんに嚙みついた米澤も秋山さんたちが満載にしたトラックで何往復もしているの見て、引き攣った顔してましたからね」三田はまるで仕返しができたように得意顔になっている。

三田がそんな具合に配達から帰ってきた秋山たちを労っていると、一台の乗用車が営業所の駐車場に停まった。時刻は既に午後十時半になろうとしている。暗くて車種までは分からなかったが、車から三人ほど降りてきてこちらに向かってくるのが見えた。

「陣中見舞いに来たよ」

張りのある声で冴木だと分かるのと顔が見えたのは同時だった。

数歩遅れて西野が歩いてきた。さらに数歩遅れて宇佐美が途中転びながら近寄ってくる。

港北第三営業所の同期トリオだ。ひとり背の抜きんでた西野が段ボール箱を肩に担いでいるのに気づいた。

「これ第三営業所のみんなでカンパして買ってきたんです。皆さんでどうぞ」西野は段ボール箱を作業台の上に置いた。箱に描かれているロゴは効くと評判の栄養ドリンクのものだ。

西野は肩を摩(さす)りながら目の前に広がっている荷物の山に呆気(あっけ)に取られているようだ。見ると宇佐美も同様の表情をしている。

「これでもだいぶ減ったんだ。最初はこの構内から溢(あふ)れ出ていた」

秋山は二人の驚きを察して補足説明する。

「マジですか！　めっちゃヤバくないですか！」

二人は性格こそ違えど、同じ言葉で感情を表現する。

「ああ、マジでメッチャヤバかった」秋山も真似(まね)してみたが、どこかイントネーションが違う。

「もう過去形なんですか」珍しく黙って聞いていた冴木が秋山の言葉尻を捉(とら)えた。

「あと二日である程度の目途は立ちそうだ。上手くすれば終わるかもしれない」

「うそー。秋山さんたちの集配能力もヤバいね。歳(とし)なのに」冴木が褒めながらも茶化す。

「歳は余計だ」秋山は頬(ほお)を崩してから、「それより第三営業所はどうだ？」と三人に訊いた。やはり自店のことが気になる。

秋山に訊かれて若い三人は一瞬言葉に窮したように黙ってしまったが、宇佐美が平静な面持ちで「今週に入ってからさらに荷物が大量に到着してますけど、どうにか皆で協力して終わらせている感じです」と答えてくれた。秋山に心配させまいとする宇佐美の心遣いを感じずにはいられない。

「そうか……。とにかく事故だけは気をつけてな」

「はい。それは」宇佐美が硬く唇を閉めて返事をした。宇佐美は先日の事故からようやく最近乗務の許しが下りたばかりであった。

「西野、クレームは大丈夫か」秋山は西野の目を覗きこむ。

「ヘイ、ご心配なく。上手くやってます。それより、荷台の荷物を降ろすの手伝いますよ」西野は腕まくりをしてトラックの荷台に向かおうとした。

と、その時、「もうタイムカード打ったんだろ。荷物に触ったら駄目だ」秋山は厳しい口調で西野を咎めた。

「すんません」西野は大きな体をビクッとさせると「相変わらず親分は固いなあ」と頭に手をやった。

そのやり取りに皆がどっと笑いだし、秋山も可笑しくなって頰を緩める。

ふと秋山が構内の奥に目を遣ると、荷台を片付けている米澤がこちらを見ているのに気づいた。米澤は少しの間こちらを見ていたがすぐに手元に視線を戻した。秋山も目線を戻す。

冴木がまだ笑みを湛えた表情で「秋山さんが社長だったら会社からサービス残業なくなるだろうね」と言いだした。

それを聞いて宇佐美が「面倒くせえと言いながらも社員を守ってくれそうですね」と合いの手を入れる。

「社長なんか面倒くせえ」

秋山が興味なさげに溢した。これを聞いて皆が再び笑いだす。秋山も白い歯を覗かせた。

その後も第三営業所の面々に話のネタは尽きなかった。時計の針が午後十一時をまわったところで秋山が「明日も早いからそろそろお開きにするか」と言うまで皆は談笑した。

若い三人が帰ると構内は静けさを取り戻し、彼らが置いていった栄養ドリンクの段ボール箱がポツンと置かれていた。

秋山は段ボールを開いてその中の一本を取り出すと、まだ構内の片隅で作業をしていた米澤のもとに行き「騒がしくしてすまなかったな」と栄養ドリンクの小瓶を差し出した。

「いえ、大丈夫です」米澤は驚いた表情で小瓶を受け取る。

秋山は「ならよかった」と微笑んで戻ろうとした時だった。

「仲いいんですね」米澤の声が秋山の足を止めた。

「仲いいですね、秋山さんのところ」

「そうか？　普通だろ」秋山は首を傾げる。

「いえ、仲いいですよ。うちなんか駄目です。自分も県南第二で所長やってるんですけど、みんな俺の近くにも寄ってこないですもん。俺なりにみんなのこと考えてるつもりなんですけどね」米澤は寂しさを含んだ笑みを口元に湛える。

「みんなが嫌がるヘルプにだって所長自ら来てるじゃないか。他の営業所は若いのに押し付けてるのに。言葉に出さないだけでみんな感謝してるんじゃないのか」

「いや、それはないですよ。この間うちのドライバーが一人辞めたんですけど、そいつに最後の日に言われましたよ」

「なんて」

「『俺たちは人間なんだ、家畜じゃねえんだ』って。俺その時、何も言えなくなっちゃって」

　米澤はそこで言葉を詰まらせた。

「そいつは、どうしてそんなことを」

「俺はみんなの生活が少しでもよくなればと思って辛い集配も課してきました。だからうちのドライバーたちは実入りも他に比べれば少しは多いはずです。だけど同時に俺は働く上での大切なものを奪ってきたのかもしれません。さっき秋山さんが若い所員に囲まれてるのを見て確信しましたよ」米澤は口元を強く結んで手にしている小瓶を見る。それから、

「最初の日は失礼なことを言ってすみませんでした」と深々と頭を下げた。

「よせよ、面倒くせえ」

秋山は項垂(うなだ)れる米澤の肩を優しく叩いた。


翌日、秋山と都賀谷は前日以上の配達個数をこなした。米澤なども秋山たちに迫る数の荷物を捌き、処理不可能かと思われた県南第一の荷物はあと一日で終わりそうなところまで来ていた。その頃には他の営業所からのよせ集めだったヘルプ同士の垣根は消え、恰(あたか)も同じ営業所の仲間のような雰囲気が生まれていた。

そしてヘルプ最終日を迎えた。

この日は朝から激しい風雨がドライバーたちを苦しめた。車のドアを開閉する際も体を持っていかれ、軽い荷物などは目を離すとズルズルと風に流される始末だった。

それでも、あの溢れかえっていた荷物をこれで終わらせるんだという気持ちが皆を支えた。

午後五時をまわり辺りが暗くなりだした頃、「この調子なら」と励まし合っている時だった。

助手席に乗っていた都賀谷の携帯が鳴った。都賀谷は携帯の画面を確認する。

「営業所からですね」

営業所には金さん、銀さんしか残っていないはずだ。三田も配達に出ている。

都賀谷は電話に出ると、相手が一方的に話しているのを聞いているようだが、その表情がみるみる曇っていく。何を話しているのかは雨音で秋山には分からなかった。

「ちょっと待って」都賀谷は携帯を耳元から離すと秋山に首を向けた。

「営業所の金さんからなんですけど、少し前に『Within24』と書かれたサガルマータの箱がカゴ車で十台近く到着したそうなんですけど、そんなの知ってます？」

「いや、知らん」秋山も得体の知れないものに顔を強張らせる。

「なんか嫌な予感がしますね」都賀谷は無意識に頭をボリボリ掻きだす。

「するなあ。次の配達終わったら営業所までそう遠くないから見てくるか」

「そうですね」

秋山と都賀谷が営業所に着くと、金さん銀さんが慌てふためいた様子で駆け寄ってきた。

「秋山さーん、何これー！　こんなにいっぱいどうすればいいのー」

なるほど電話で聞いた通り荷物のギッチリ入ったカゴ車が九台降ろされていた。そしてその全てが見慣れたサガルマータの段ボールであった。

ただ、いつもと違うのがサガルマータの山をモチーフとしたロゴの下に「Within24」とアルファベットで書かれていることだ。

「これどういう意味なんですかね」都賀谷が首を傾げる。

「二十四時間以内って意味よー」銀さんが即答した。皆が驚いて銀さんを見る。

「あたしこう見えてもバイリンガルなのー」

「えええ！」バイリンガルの発音も英語圏の人みたいなだけに冗談ではないようだ。

「ちょ、ちょっと待ってください。銀さんがバイリンガルなのも驚きですけど、二十四時間以内っていうのも怖いものを予感させるんですけど」都賀谷が話を戻した。

「中埜に訊いてみよう。あいつなら広域ブロック長だし、本社にも知人が多いから知っているはずだ」秋山は携帯を取り出し中埜に掛けた。中埜はすぐに出た。

「もしかしてサガルのＷｉｔｈｉｎ24のことですか」察しのいい中埜は秋山が訊く前に電話の内容を当ててきた。中埜も忙しいらしく早口になっている。

「そうだ！　これはなんなんだ」

「今朝、本社から通達が来たばかりなんですが、サガルの新商品です」

「新商品！」

「ええ。サガルの顧客が今朝八時までに注文したものが今日中に手元に届くというものです。しかも追加料金なしで」

「ただでさえ現場はパンク状態なんだぞ。そんなもの誰が配達できるというんだ」

「ええ、もっともです。でも本社は現場のことなど眼中にありませんからね」中埜は今更何を言っているんだという口ぶりだ。

「今日中ってことはお客さんだって待ってるんじゃないのか」

「本社はお客さんも関係ありません。彼等の頭にあるのは自身の成績と出世だけです。こちらもこの商品のせいで今大混乱しています。ドライバーたちは今積んでいる荷物だけで手一杯です。営業所に残っている我々が自分の車でも出して配達しなければならなそうです。そうしなければ、その皺寄せは全て本社ではなく我々現場が負う仕組みが昭和街送には既にできている。本社はそれも計算に入れてのことなんです」中埜の諦めきった声が電話口から漏れた。

「さすがにこれはやりすぎだ。度を越えている。早晩、本社の連中も失敗だと気づくはずだ」秋山は声に怒りを滲ませる。

「だといいんですけどね。まだこの段階で気づいてくれれば……」中埜の冷笑が聞こえてきた。

「まだ何かあるのか?」中埜の口ぶりは何かを隠している。

「実は……。秋山さん、ここだけの話で留めてもらいたいんですけど」と中埜は前置きをしてから続けた。「この間お話ししたサガルとの提携が現実味を帯びてきたらしいんです。その結果、サガルの荷物はさらに増えます。ただ、この話を今、公にすれば人の流出は致命的なところまで行くでしょう。支社の幹部で情報を止めている段階です」中埜の声は小さくなっていた。

「もし、そんなことになったら……」秋山は言い淀んだ。

「ええ、数年の間に昭和街送は労務倒産するでしょう」中埜の悲痛な表情が想像された。そこで秋山は中埜との電話を切った。

巨大な企業が突如倒産することをニュースで聞くことがある。それはあくまで対岸の火事であって、自分が今その火中にいるとは多くの者は信じようとしないのかもしれない。

秋山は深く息を吐いた。

外は既に陽が落ち外灯の明かりが眩しい。その光の前を横殴りの雨筋が通る。天候はいよいよ悪化してきた。

秋山はその時どうしたことか巨大な船の甲板に立っている自分を想起した。船は嵐の中を全速力で進んでいく。舵を握る船長室は風雨の当たらない船内奥深くにある。見たこともないが噂では豪奢な作りだそうだ。

船長の傍らには幾人もの航海士がいて外の様子を伝えている。航海士たちは船長の腕を褒めちぎり、船は穏やかな洋上を順調に進行していると報告している。実際の船は激しい風雨と山のような波により、船体は激しく損傷しているというのに。そしてこのままの進路を取れば、少し先に見える凄まじい渦潮の中へと呑み込まれ、海の藻屑となることは必至だ。甲板で作業をしている者たちにはそれがよく分かっている。気の早い者は呑み込まれる前にと船から脱出していく。

本当のことを誰かが伝えなければならない。

翌日の早朝、秋山は自身の港北第三営業所にいた。いつもより早い時間である。サガルマータの荷物が大量に残っていることを予期したが、構内を見渡しても数えるほどでしかない。作業をしている早朝スタッフに訊いてもここに在るだけだと言う。秋山は不審に思い、事務所に戻るとタイムカードを全員分調べた。昨日出勤していた者全員が夜十二時前後に打刻している。皆で協力して終わらせたのかと秋山が考えた時だった。

一台、二台と営業所にドライバーたちの自家用車が入ってきた。秋山が営業所の窓から見ていると、ドライバーたちは既に汗だくの顔で自身の車から段ボールを二つ三つ運び出している。全てサガルマータの即日便の箱だ。秋山は全てを理解した。

ドライバーたちは昨日配達しきれなかった分を自身の車に積み、今日出勤する前か昨日退勤後に配達してきたのだろう。今戻した荷物はその持ち戻りに違いない。時計を見ると六時になろうとしている。一体どれほどの時間を家で過ごして、何時間睡眠をとったのだろう。出勤時刻まで示し合わせたかのようにドライバーたちの自家用車は勢揃いしている。そこには宇佐美の軽自動車と西野のイカツイ車もある。

どうやらドライバーたちは秋山が来ていることに気づいていないようだ。彼らからすれば日頃から「サビ残するな！」と口を尖らせている秋山に見つかれば、小言を言われるという気持ちがあるのかもしれない。

かといって残貨を出せばそれは翌日の自分なり仲間が配達することになる。その際、荷物を待っていた客からクレームを受け、そのクレームが会社に入れば膨大な顛末書を書かされた挙句に減給となる。それならば、サービス残業してでも配達してしまったほうがマシだという結論になるのだろう。中埜が言っていたように本社の計算した通りにドライバーはせざるを得ない。だが、今日も明日もサガルマータの即日便は到着する。いつまでもこんな自転車操業が続くわけがなかった。

その日、秋山は朝礼で多くを語らなかった。ドライバーたちの疲労と睡眠不足のベッタリ塗られた顔が秋山の言葉を遮った。


秋山はいつものように配達を進めていた。今日も夕刻に到着するであろうサガルマータの即日便のことを考えると不安は尽きなかった。それでもやはり一週間ぶりに戻ってきた自身の配達地域に安心感のようなものを感じる。今日は一週間に一度の穂積の集荷も入っている。

秋山が穂積の家に着きインターホンを押すと意外にも嫁いだはずの穂積の娘、成美が出た。

「おお、成美ちゃん久しぶりだね。あれ、千鶴さんはどうした?」初めてのことだったので秋山は尋ねずにはいられなかった。

「お母さん入院しちゃって。実は明日、手術なの」

　秋山が一瞬固まる。

「やっぱり、どこか悪いのか」秋山は穂積の細くなった腕を思い出していた。

「うん」成美はそう言うと目を伏せる。

「結構、深刻なようだね」

「お母さん、癌なの。実は手術はこれで二回目なんだけど転移が発見されちゃって……」

　成美はそう打ち明けると、その場で泣き崩れてしまった。耐えていたものに触れてしまった後悔が秋山を襲う。成美は涙ながらに言葉を続けた。

「それでも自分がお世話になった施設には、このお菓子を待っている子供たちがいるからって……。自分の体のことよりもこの荷物のことだけを心配して言うの」

「お世話になった施設？」

「うん。お母さん、実の両親に酷い暴力を受けた挙句に六歳の時に捨てられたの。そのあと十八まで施設で過ごして……。その施設への恩返しで毎週お菓子を送っていたの。三十年以上も」

「知らなかった……」秋山は目の前の段ボールを見つめる。普段気さくで明るい穂積からは想像できない過去だった。

「あたしは、もう充分お母さんは恩返ししたよ。それよりも自分の体を心配してって言ったんだけど……」成美はそこで口元に手をやり嗚咽を押し殺そうとする。成美のすすり泣く声が静かに玄関に響いていた。

秋山は段ボールに貼られた伝票に目を落とした。女性にしては筆圧の強い穂積の字がそこにはあった。

「でも、千鶴さんは病院に行く前にこうして荷物を用意していったんだ」秋山が成美の言葉を繋いだ。

「うん。子供たちに貴方たちを見捨てない大人もちゃんといることを教えてあげたいんだって。それがあたしにできる恩返しだって言うの」

成美は涙を拭い赤く腫らした目で「だから、これお願いします」と荷物を秋山に差し出した。

秋山が配達から戻り営業所に入ると一通の封書が秋山の机の上に置かれていた。親展で秋山宛てになっている。差出は本社人事部と書かれていた。開封し中の書類を広げる。そこには秋山の名前と翌年の三月二十九日をもって懲戒解雇とするという内容が認められていた。それは実に定年の日の二日前の解雇日であった。

「俺も最後に恩返しするか」

秋山はそう言うと丁寧に書面を封筒に戻し、頭上にある神棚のもとに置いた。

懲戒解雇の日まで一三四日

社員数十一万六千三百人。車両数六万四千三百台。その昭和街送のトップに座るのが代表取締役会長兼社長の加神康雄であった。

秋山は今その会長室にいる。

既に秘書は遠ざけられ、会長室には秋山と加神だけとなっていた。

秋山は、肘掛椅子からおもむろに立ち上がる加神と目が合った。

相変わらずの長身だ。

そんな加神の後ろには都心のビル群がどこまでも広がり、ここが天上であるかのような錯覚を秋山に起こさせる。

「驚いたぞ、秋山。まさか、お前から会いたいから時間を作ってくれなんて言ってくるとは思わないからな。まあ、立ち話もなんだ、座れよ」加神はそう言うと秋山に席を勧めた。

秋山は会長兼社長である加神に一通の手紙を書いたのだった。文面はそれほど長いものではない。

『会社を去る前に加神会長にどうしても話しておかなければならないことがあります。そしてこれはどうしても伝えなければならないことなのです。会長の身にも危険が及ぶことだから。少しでいい、時間を作ってほしい』

そんな内容を書き郵便で送ったのだった。

秋山は「立派な応接セットだな」と言ってソファーに腰を落とし、膝の上で手を組み合わせる。センターテーブルにはスーツ姿の自分がぼんやり映っている。秋山は我ながら似合ってないなあとつくづく思いながら、言葉を続けた。

「まさか、あの手紙だけで会ってくれるとは思わなかったよ。忙しいところ本当にすまない、加神会長」秋山は懐かしさも含めて、そう謝意を述べる。

秋山は会ってもらえるまで何通でも手紙を出すつもりだった。それが加神は最初の一通で会う約束をしてくれたのだった。

いくら同期であったとはいえそれは三十年以上も前の話だ。今や十一万六千人のトップに座る加神と一営業所の所長にしか過ぎない秋山では、その立場に天地雲泥の差がある。秋山の手紙など下手をすれば秘書の段階で破棄されていても不思議ではない。それだけにその秘書から「会長がお会いになりたいとおっしゃっております」と電話があった時は驚きと同時に、むしろ不可解ですらあった。陣内から聞いた話の内容は一切手紙には書いていない。

　やはり、昔通り加神は加神であり、あの澄み切った人格はそのままではないのかと思うのであった。陣内の話にしても何かの間違いなのではないのかと考え始める秋山だった。

「昔通り、加神でいいよ！　俺とお前は同期だ。立場は違うが、同じ歳月この昭和街送を支えてきた同志なんだから」加神は旧友に再会した喜びを隠さずにそう言ってくれた。やはり昔のままだ。

「ところで、口髭はやしたんだな」

　秋山は加神の口元を見ながら自らの鼻下をなぞる。

「ああ、似合ってるだろ。なんでも形が大事なんだよ。少しでも威厳があるように見せないと役員たちに舐められてしまうんだ」その加神の口髭がほころぶ。

「会長もいろいろ大変なんだな。でも似合ってるよ」秋山も頰を崩す。

「それで、今日はどうした」そう言いながら、加神もソファーへと腰を落として秋山を見据えた。

　久々に正面に見た加神にはやはり大きな風格が備わっていた。考えてみれば一運転手から社長、そして会長にまで昇りつめた男だ。潜ってきた修羅場の数も秋山とは比較にならないはずだった。

　だが、秋山も動じない。腹ならとうに括っている。

「いや、今日はお願いがあって来たんだ」

「お願い？」

「ああ、加神会長。単刀直入に言うよ。物量をこれ以上増やすことは危険だ。いま、サガルマータとの業務提携を進めて、サガルの荷物の大部分を引き受けることは昭和街送の自滅を意味する。現場はもう限界だ。これ以上荷物を増やしても、誰も捌き切れない。自らの首を絞めるだけだ」内容に比べて穏やかな表情と口調で秋山はそう言った。ただ、目だけは強い意志を含ませて。

加神は目を瞑り天井を仰ぐと「うん」と低く唸ってから、やおら口を開いた。

「俺にそんな報告を上げてくる者は誰一人としていなかったが、それが現場の実態なんだろうな。よく、報告してくれた。さすが、同期だ。だが、人員不足の問題は実は俺も承知している」

「では、サガルとの提携はなしか」

「それとこれとは話が別だ。サガルとは提携する。サガルの荷物の大部分をうちで引き受ける。つまり今、帝国急輸が扱っている分をそっくりそのままな。その暁には昭和街送の継続的成長が約束されるんだ」

「しかし、……」秋山が口を挟もうとすると加神が手で制した。

「いいか聞け、秋山。サガルマータの創業者は若い日本人女性だ。ほとんど表にこそ出てこないが、彼女が作ったシステムは瞬く間に日本人の心を掴み、日本国内において既存のプラットフォームを駆逐していった」

「たしかに……」秋山も頷かざるを得ない。

サガルマータが日本のＥコマース市場で急速に成長していく様は宅配の現場にいれば嫌というほどに分かる。それまで大勢を占めていた世界規模のＥＣサイトの荷物は消え、それに取って代わったのがサガルマータの山のロゴマークだったからだ。加神は続けた。

「それもたった数年でだぞ。そして、今やサガルマータは日本国内最大のプラットフォーマーとなった。顧客数は数千万人。資本金、売上高、経常利益どれをとっても昭和街送と既に桁が違う。そして今後、サガルマータは世界の市場に打って出る。彼女の作ったシステムに、いま世界中を牛耳っているプラットフォーマーたちは戦々恐々としているんだ。そんなサガルマータと提携することは昭和街送の継続的成長を意味する。分かるか秋山」

加神は語気を強め、拳を握る。

「だが、それは人あっての話なんじゃないのか。その増えた分のサガルマータの荷物を扱うのは人間だ。その人間が昭和街送に嫌気が差して去っていっている。残された者も既に限界だ。このままでは取り返しのつかないことになるぞ」秋山は切実に訴えた。

「目先だけを見ればそうかもしれない。しかし経営者は何十年も先を見ていかなければならないものなんだ」加神は分かってくれといわんばかりの口調になる。

「たしかに未来は大事だ。でも、思い出してみろよ、加神。三十年前だ」

「三十年前？」

「ああ、俺たちは若かった。怖いものなんか何もなかった。無理を承知で増える荷物を捌いていた。あの時、俺たちはいくらでも働ける気がした。疲労や睡眠不足は汗で流れるぐらいに考えていた。だが、そんな俺たちの前にあの事故が起きた」

「……。西城の事故か」加神は窓の外に目をやる。

「そうだ。あの事故は西城が悪いものではない。本当に偶然だった。今でも俺はそう思っている。あの時たまたま西城だっただけだ。誰もが同様の事故を起こしても不思議ではないくらいに忙しかった。俺たちはそんな状態で常にハンドルを握っていたよな」秋山の声が大きくなる。

「ああ、そうだったかもしれない。荷物を取り合っているようなものだった。捌いた荷物の量がそのまま給料に反映されたからな」加神も同意する。

「だが、俺たちは見えなくなっていた。金で目隠しされ、大事なものを見失っていた」

「大事なもの？」

「人命だ。それを、あの事故で俺たち以上に感じ取ったのが当時の社長、松平さんだ。あの人はあの事故以来、経営の方針をそれまで以上に安全第一とした。順調にいっていた成長戦略をいとも簡単に捨てて。それでも昭和街送は成長し続けた。いや、それまで以上に成長した。顧客と従業員の安全と安心は人を呼び、人が荷物を呼んだ。その松平社長が去り十数年。昭和街送は利益と成長第一に盲進している。このままでは、また西城のような不幸な社員を出すことになる。三十年前、松平社長がやったようにもう一度、見失ったものを取り戻さないといけないいんじゃないのか、加神」

既に、会長と平社員の会話ではなかった。秋山も覚悟を持って今日この場に臨んでいる。加神の匙加減で秋山など、どうとでもすることができる。だが、加神はこの無礼で経営のことなど知らない一社員に怒りを爆発させるようなことはしなかった。それは、秋山なりの会社に対する愛情が言葉の端々に滲んでいたからなのかもしれない。

加神は腕を組み体をソファーに預けると、その姿勢のまま秋山に話しだした。

「お前の話は分かった。だが、方針は撤回しない。このサガルとの提携が結ばれれば帝国急輪はもう時間の問題なんだ。急激に経営が悪化するだろう。そして今まで貯めた莫大な利益余剰金を持って帝国急輪を買収する。分かるか秋山、企業が成長し生きていくには食うか食われるかなんだ。これが経営というものなんだ。あと少しの我慢なんだ」

「それまで現場はもたないぞ。それがお前の帝国急輪への復讐というわけか」

加神の顔が険しくなる。

秋山は今日そのことには触れまいと決めていた。だが、言わなければならないと思うのであった。そしてこのことを知っていて会長である加神に言えるのは、社内には自分以外にいない。

「それを俺に言うのか」

「お前は、一緒にドライバーとして働いていた時から帝国急輪の荷物を片っ端から奪っていた。それもタダ同然の運賃で。お前の仕事は昭和街送を発展させるためというよりは、帝国急輪を潰すためにやっているようにしか感じなかった。その姿勢はあの時となんら変わっていない気がする。違うか」

「さすが同期の桜だ。と言いたいがそれは少し違うな。たしかに俺が昭和街送に入社した時、それからお前と一緒に働いていた頃、俺はお前に帝国急輪を憎んでいることを話した」

「親父さんのことだったよな」

「そうだよ。復讐だった。帝国急輪へのな」

加神は過去の自分を思い出し冷笑する。

「それで親父さんは喜ぶのか」

「さあどうだろうなあ。どうも秋山は勘違いしているようだから一つ言っておくが、俺は親父の仇(かたき)を討つために帝国急輪を潰したいんじゃない」

「じゃあ何のために」

加神は秋山を引き込むように声を潜めた。

「ルールを教えるためだ」

「ルール？」

　そこで加神はソファーからゆっくりと身を乗り出すと、よく聞けとばかりに秋山に顔を近づけた。

「そうだ、ルールだ。俺の親父は帝国急輸で整備士として働いていた。だが、ある日、帝国急輸のトラックが車両火災となったんだ。その結果ドライバー一人が亡くなった。原因は不明だったにもかかわらず、帝国急輸は整備士である親父に責任を押し付けた。会社の執拗(しつよう)な追及に親父は苛(さいな)まれ、結果自殺した。親父が死んだのをいいことに帝国急輸は整備士の怠慢ということで事を片付けやがった。むしろ親父はこの世界に殺されたに等しいのに。俺が中学生の頃のことだ。俺は高校進学を諦め働いた。ところが俺は働く会社、働く会社ですぐにクビになった。どこからか『人殺しの子供だ』と言う奴がいたんだ。誰だと思う？」

「分からない」秋山は首を振った。

「帝国急輸だ。俺の苗字(みょうじ)が珍しいのと、どこか親父に似ているんだろうな。事故の原因を親父に押しつけて、会社のイメージを保つためだろう。出入りの帝国急輸のドライバーが俺を見つけては実(まこと)しやかに話をでっち上げて、俺が勤めていた会社の連中に吹き込んでいた。二十歳(はたち)までにどれだけの会社を転々とさせられたか分からない。だが、ある時、俺はそれがルールなんだと考えることにした。この世界のルールなんだと。法律の範囲内であれば、理不尽だろうが道徳に反していようが許されるんだと。そのルールを逆手にとってもいいわけなんだよ。ならば見ていろ、お前たちが示し、使ったルールでこの世界に復讐してやると俺はそう誓った」加神は嬉しそうに口角を上げる。

「異常だ。加神お前は異常だよ」

秋山の全身に戦慄が走る。

「なんとでも言え」

「昭和特輸の件はどうなんだ。法律の範囲内ではないじゃないか」

加神は、あろうことか腹を抱えて笑いだした。

「……。驚いたな。なんでも知ってるんだな。そうかそこまで知ってるなら、教えてやるよ、秋山。この世界から消滅するのは帝国急輸だけじゃない」

加神は笑みを湛えたまま目を見開く。

「まさか」

「そうだよ、昭和街送もだよ」

「ふざけるな！　お前は昭和街送の社長であり会長だろ。お前には十一万人の社員の生活を守る責任があるはずだ」

秋山は怒りのあまり立ち上がり声を荒らげていた。

「安心しろ。社員たちが職を失うことはない」

　加神は落ち着けとばかりに言う。

「どういうことだ」

「昭和街送はサガルマータに買収される。その結果、昭和街送はサガルマータの荷物だけを扱うデリバリー部門となる」

「お、お前はどうなるんだ」

　秋山は肩で呼吸しながら尋ねた。すると加神はソファーから立ち上がり、そのまま窓際へ歩きながら話しだした。

「ふふ……、俺か。不思議なものだ。人間の欲とは尽きないものだよ、秋山。俺は昭和街送の社長になり会長となった。俺の目標だった。そして、サガルマータとの提携はもう確実だ。帝国急輸の運命も俺の手中にある。だが、実際に全てを手にしちまうと、それだけじゃまだ足りないと俺の中の何かが言うんだ」

　加神は窓際で立ちどまると、広がる都心の風景に目をやる。

「それ以上に何があるというんだ」

　そう問われた加神は振り返り秋山を面白そうに見据えた。

「さっきも言ったが、今後、サガルマータは世界に打って出る。日本でもそうだったように全世界のEコマース市場を飲み込んでしまうだろう。それも数年のうちにだ。その際、俺はサガルマータの日本法人の社長となることで話がついている」

「お前という奴は……」あまりのことに秋山は次の言葉が出ない。加神は大きく息を吸うと続けた。

「その時、サガルマータの規模は昭和街送の数百倍となっているだろう。その日本法人の社長となれば昭和街送の会長などとは報酬も力も大きく違うだろう」

加神は秋山を呑み込まんばかりに目を見開くと、高らかに笑いだした。秋山の前にいるのは以前の潔癖な加神ではなく、地位と金に憑りつかれた亡者でしかなかった。

「秋山、同期の誼だ。忠告しておいてやる」

「忠告?」

加神は再び秋山に歩み寄る。秋山の目の前まで来た加神は、何を思ったか腰をかがめ秋山と目線の高さを合わせた。

「大人しくしていろ。お前ごときが騒いだところで誰も相手になんかしない。どの方面から攻められても、今の俺の力をもってすれば簡単に闇に葬り去れる。お前が思っている以上に金の力は絶大なんだ」加神は親が子供に言い聞かせるように言い、秋山の手を包み込むように両手で握った。

「話は聞いている。お前、懲戒にかけられたそうだな。支社での騒ぎも聞いているぞ。定年なんてつまらないことは言わない。退職金なんてケチなことも言わない。お前は無事定年を迎えさせてやる。その後、俺の運転手をやれ。お前の好きなだけ金を出してやる。断る理由はないよな？」

加神は微笑むと秋山の拳を固く握った。

秋山は為す術のない自身の両手を見る。そして、ここまでかという絶望が秋山を襲う。最後にして最大の頼みの加神であった。昭和特輪の陣内の話は何かの間違いであることを期待していた。

しかし、目の前に突き付けられた現実は秋山の想像などはるかに上回るものだった。秋山は「すまない」と一人詫びるのだった。

懲戒解雇の日まで一二五日

サガルマータの即日便の勢いは留まるところを知らず昭和街送の現場を直撃していた。秋山のいる港北第三営業所でもカゴ車で五台ほどの荷物が毎日夕刻に到着する。それを内勤者も含めて総出で配達にまわり日々どうにか凌いでいた。結果、ドライバーから事務員までほぼ全員、日付が変わってからの帰宅であった。

そんな状況が一カ月ほど続き、繁忙期まであと一週間というところまで来ていた。

十二月の繁忙期は平月の二倍以上の荷物が到着する。一日にお歳暮がスタートするとその勢いのまま、ボーナス商戦、クリスマス、そして最後に正月料理まで、まさに三十一日まで荷物量が落ちない。

ところが、秋山はこの繁忙期の間は少し状況が好転すると読んでいた。というのも昭和街送では繁忙期の七月と十二月の二カ月だけアルバイトの増員が許されるという慣例になっていたからだ。秋山たちは繁忙期に向けてアルバイトを集めに集めたのだった。

その甲斐あってトラック一台に対して二人ずつの配達助手を付けられるほどに人が集まっていた。さらに、十二月はレンタカーを借りて稼働台数を増やせるので、ドライバー一人当たりの担当エリアも狭まる。荷物の数は増えるが宅配便を利用する家は意外と限られているので、荷物の増加と同じ数だけ訪問件数が増えるわけではない。秋山の経験からドライバー一人当たりの負担は確実に減ると読んでいた。

そして満を持して十二月一日はやってきた。

秋山にとって泣いても笑っても最後の繁忙期だ。秋山は自分が所長でいる間は所員たちにできる限りのことはしてやりたかった。社長の加神から知らされた会社の未来は暗澹たるものであったが、秋山はそれを誰にも言わず一人胸の中にしまっていた。

繁忙期初日は、秋山の予想よりも少ない荷物量であった。アルバイトへの教育も十分に行っていたので上々の滑り出しだ。所員たちは久々に十時前に全員帰宅し、一人秋山が営業所で事務処理に追われていた。

するとブロック長の都賀谷が作業着姿で現れた。疲れ切った足取りだ。

「お疲れ。今日はどこに入ってたんだ」秋山は事務仕事で疲れた目を瞬かせて都賀谷を労う。

「今日は第一です。しばらくは第一にヘルプで入らないとならなさそうです」声も疲れ切っている。

「ああ聞いてる。また一人辞めたんだって」

「ええ、どんどん人がいなくなっていきます。荷物は増えるばかりだというのに。繁忙期のアルバイトの中から社員になってくれる者がいればいいんですけど」都賀谷は目を瞑り首をグルグルと廻した。

「でも採用ストップしてるんだろ」

「現状そうも言ってられなくなってきたみたいです。本社に分からないように人を集めているんです、実は。三田さんの県南第一みたいなところがあちこちに出てきてしまっているそうで」都賀谷はゴリゴリ頭を掻きだす。

三田が所長を務める県南第一営業所へは今、太田が行っている。支社の会議での一件以来所長を降ろされ盥回しにされていた太田であったが、県南第一専属となり三田をサポートしているという。

秋山は机の引き出しから滋養強壮剤を取ると都賀谷に差し出しながら言った。

「そうなのか、それなら、こっちにいるバイトの子にも声かけてみるよ。何人か根性ありそうなのいるから」

「お願いします。繁忙期明けてもヤバそうなんで」都賀谷は語尾に奇妙なほど力を入れると、一礼して小瓶を受け取る。

「どうかしたのか?」秋山は都賀谷の口調に何か引っ掛かるものを感じた。

「……。秋山さんには言わないでくれと口止めされてるんで……」都賀谷は血が出そうなほど頭を掻きだした。

「そこまで言ったら言うよな、普通」秋山はせせら笑う。

「実は、西野と宇佐美、それから冴木の同期三人組が辞めると言いだしてるんです」

「え、あいつらが!」さすがの秋山もこれには驚きを隠せない。

「はい。あいつら、秋山さんの懲戒委員会からの処分をどこからか聞いたようで、秋山さんが解雇される翌々日、つまり三月末日で辞めると言いだしてるんです」

「そうなのか」秋山は自身の頭上の神棚を見る。

「会社に対するあいつらなりの抗議なんでしょうね。でも、そうなるといよいよ回らなくなります。僕もやっぱり辞めようかな……」都賀谷は万事休すとばかりに深い溜め息をつく。

秋山は加神の語った余談を思い出していた。昭和街送がサガルマータに吸収されれば多くの社員は現在の雇用契約を一度打ち切られ、委託契約に近い形に切り替えられるという。ただ、それまでにどれほどの社員が残っているのだろうか。

「松平会長がいらっしゃれば、こんな状況を許すはずがないんだが」秋山はないものねだりをするような言い方をした。

「そうですね松平会長ならもっと血の通った経営をされるでしょうね。噂では東京のご自宅で今も元気でお過ごしとか」

「まだ生きてるのか！」秋山は思わず身を乗り出していた。

「ええ、もうだいぶお年を召されてるでしょうけど、亡くなったという話は聞いてませんよ」

「そういえば聞いてない。松平会長か……」

秋山は動悸のような胸の高鳴りを感じながら、何度となく「松平会長」と反芻していた。

繁忙期八日目。お歳暮のピークが一段落し若干物量が落ち着きだしていた。このあと来るボーナス商戦がらみのピークまでの数日間だけが嵐の合間となる。

この日、秋山は昼過ぎに一旦配達を切り上げると営業所へ戻ってきた。構内で午後の荷物を積み込み足早に事務所に向かう。事務処理がここ数日まるで手を付けられないでいたからだ。昼飯のお握りでもかじりながらやっつけようと事務所の扉を開けた。

ん？　なぜか酒臭い。

それほど広くもない事務所内に臭気が充満している。しかも秋山の大好きな日本酒の香りだ。まさか誰かが忙しさのあまり自暴自棄になって昼間から酒盛りでもしているのか？

ここは、運送会社の事務所だぞ。

「冴木。なんか酒臭くないか？」

秋山が恐る恐る訊くと、冴木は足元を見つめた。

「これです」

見るとぐしょぐしょになった段ボールと一升瓶の破片がバケツに入っている。

「破損か？」秋山は、またかあ、という顔をする。

「ええ、銀さんが手を滑らせて割ってしまったんです」冴木が溜め息をつく。

「最近、銀さん多いなあ。銀さんだけに限ったことでもないけど……」

このところ荷物の破損が多い。繁忙期に入って荷物量が急激に増加し人手が追いついていないのが主な原因だった。構内の作業スタッフも増員しているが元々足りている訳ではなかった。

輸送の中継点である巨大ターミナルではオートメーション化も進んでいるが、それは全体を見ればほんの一部の話にしかすぎない。一つの荷物がご依頼主からお届け先に届く過程で多くの人手が介在することは、昔も今もさほど変わらなかった。そして、最後もやはり人だ。特に疲労が重なっているところに許容範囲を超える荷物量が来れば、ミスが起こる確率はいやがうえにも上がってしまう。人手不足の中、無理を言って銀さんにも出勤してもらっていた。それゆえに銀さんだけを責めることもできなかった。

「それで今、ご依頼主の方に電話したんですけど……」

なぜか冴木が涙目だ。秋山が狼狽える。

「かなりの、ご立腹か?」

「いえ、お叱りならまだ……。なんでも、地方に嫁いだ娘さんがこちらに住むお父さんに贈られた物で、今日がそのお父さんの誕生日だったそうなんです。とても残念そうだったんです、娘さん」冴木は粉々に割れている酒瓶を見ながらそう言った。

「そうだったのか……」

秋山も壊してしまったものがなんなのかをようやく理解する。

荷物の破損はこの日本酒だけの話ではなかった。潰れた段ボールや穴の開いたそれがもう最近では珍しいものではなくなっていた。そんな現状に驚きもしなくなっている。破損した物の中には、荷物が届くのを心待ちにしていた人もいたに違いない。今回のように心を込めた贈り物もあったに違いない。荷物が物にしか見えなくなっていた自分に気づくと、秋山は罪悪感とともになにか悲しいものを覚えるのだった。

そこで、営業所の電話が鳴る。

冴木が気を取り直してすぐ電話に出た。

「ブロック長からです」と、冴木が受話器を差し出してきた。

「秋山さん、不味いことになりました」

都賀谷が開口一番そう前置きをしてきた。ボリボリ頭を掻く音も心なしか聞こえる。

「どうしたっていうんだ」

「十五日で繁忙期のアルバイトを使用禁止にすると本社が言いだしたんです」

「は?」秋山は都賀谷が言っていることが俄かに理解できない。

「秋山さん、百貨店の美鷹屋のお歳暮が一個も来てないの気づいてました?」

都賀谷の声が震えている。

「そういえば来てない」

美鷹屋は最大手の百貨店であり昭和街送とも付き合いが長いはずだ。

「なんでも、うちの荷扱いがあまりに悪いのでこの冬から帝国急輸に鞍替えしたらしいんですけど、その分のロストを埋めるためにアルバイトの使用を打ち切るっていうんですよ」都賀谷の悲愴感が電話から伝わってくる。

「そうだとしても、物量自体は去年より多いというのにか。そもそも荷扱いが悪くなったのは物量に対して人が少なすぎるからだろ。そんなことしたら、他も鞍替えしだすだろ」

秋山は口を尖らせる。

「はい、本当に意味が分からないです。とにかく決定なのと、日にちもあまりないので、アルバイトに伝えたのですが、皆怒りだしてしまって」声音からこれ以上ないくらいに頭を掻きむしっている都賀谷が想像された。

「まあ、それが人情だよな」

「二度と昭和街送では働かない、とまで言われました」

「……」秋山は言葉が見つからなかった。


そして、ほとんど為す術のないまま十五日は訪れアルバイトは切られた。

単純に今まで三人でやっていた仕事を一人でやらなければならない。折しもボーナス商戦の荷物もピークを迎えていた。どんなに走っても、どんなに時間を割いても配り切れない物量であった。結果、アルバイトを切られた初日の十六日はサガルマータの即日便をそっくり残さざるを得なかった。

翌十七日、営業所の電話が朝から鳴りやまない。荷物が届かないというクレームの電話だ。冴木たち事務員が対応しているが謝る以外何もできない。すぐに荷物を持っていけば済む話なのかもしれないがそれも不可能な状態であった。

「秋山さんどうしよう」

さすがの冴木も連続するクレーム対応で声が細くなっている。見れば、冴木の机の上にはクレームに関する書類で埋め尽くされている。そうしている間にも複合機からＦＡＸが数枚排出される音がした。きっと新しいクレームに違いない。

秋山は腕組みをして構内を見渡す。ドライバーたちは昨日残した荷物を優先してトラックに積んでいるが、このままでは今日到着分が半分近く残ってしまう。そして明日はさらに配達しきれない荷物が残るだろう。雪だるま式に増えていくばかりだ。

どうするか。

その時、ヘルプに行った県南第一でのことを思い出した。

「よし、エリアを半分に割る。数人を東に残し、今日は西側にドライバーを集中させて西側を完全に終わらせる。そして明日は東だ」

どちらにしても荷物が残ってしまう現状では、二日分の荷物を纏めて持っていくほうが効率的となる。そしてエリアを半分に割り一人のドライバーが受け持つエリアを小さくすれば無駄な移動が少なくて済む。

「それじゃあ東側のお客さんからのクレームが止まりません」冴木が反論する。

「どっちにしてもクレームだ。それ以外に方法がない。冴木たちも配達に回ってもらう」

秋山は構内で作業している者にも聞こえるほどの声で言った。

「営業所はどうするんですか！」

冴木も息を吹き返したかのように大きな声で訊く。

秋山はそんな冴木を素通りして開けたばかりの営業所のカーテンを引いた。

「閉める！」


秋山の大胆極まりない作戦で一日遅れではあるがどうにか配達が回りだした。

事務員たちも配達に出ているので営業所は無人と化し、ドライバーにもクレームなどの電話は一切入らなかった。そのためドライバーたちは集配に集中できたが、それが秋山にとって過ちとなった。

秋山が娘の夏海からの電話に気づいたのは配達を終えた午後十一時であった。

「お父さんの携帯に電話しても全然出ないし、会社に掛けても繋がらないし。もうどうなっちゃってるの。とにかく、お母さんが倒れたの。県央西北病院にいるからすぐ来て」誰に似たのか物事に動じないはずの夏海の声が珍しく上ずっていた。

秋山が病室に駆けつけると、いつも自宅で寝ずに待っていてくれる雅子がベッドの上で静かに眠っていた。傍らには孫の康一を抱っこした夏海がパイプ椅子に座っている。

「過労だって。お母さんいつも元気で疲れ知らずのようだけど無理してたんだね。考えてみればもう六十だもん。職場で突然倒れて会社の人がさっきまで見ててくれてたの」

「すまない」

秋山は誰にともなく謝る。

夏海は首を振った。

「しょうがないよ。お父さんの仕事が大変なの知ってるし。でも定年したら今までの分もお母さん大事にしてあげてよ」

「うん」秋山はぎこちなく頷く。

夏海を病院のタクシー乗り場まで送ったあと、秋山は再び雅子のもとにいた。雅子は薬が効いているのかよく寝入っていた。

知らぬ間に苦労を掛けていたことが悔やまれた。そして、この先も……。

長いものに巻かれて大人しくしていれば雅子にも楽をさせてやれる。昭和街送の残される者たちには悪いが、もう十分に俺はやったではないか。一社員が社長にまで進言したんだぞ。俺にも守るべきものがある。

みんな、すまない。

結局、三十年前と俺はなんら変わることができなかったわけだ。西城、俺はその程度の男だよ。お前をあの時、守れなかったように、また若い連中を守ってやることはできなさそうだ。所詮、駄目な責任者なんだ……。

翌朝、雅子は何ごともなかったかのように目を覚ました。

「あら、寝てる場合じゃない！」

雅子は蒲団を跳ね上げ、起き上がろうとしたが、秋山がどうにかベッドに押し戻した。本人は大丈夫だというが、医者からはしばらく安静にしているように言われている。もう一日病院で過ごすこととなっていた。

雅子は病室を改めて見回す。ここにいるのが腑に落ちないようだ。

「目の前が真っ暗になったと思ったら吐き気がしてきて。あ！　逆だったかも。吐き気がしてきたと思ったら目の前が真っ暗になって。ああ、思い出せない」倒れた時のことを目の前の夫に説明しようとしているらしい。

「どっちでもいいよ。とにかく無事でよかった」秋山は頬を崩す。

夫婦はその後、病院が大きくて綺麗なことや駆けつけてくれた娘の夏海が少し太ったことなど、取り留めのないことを話していた。雅子の容体はだいぶ良好に見えた。

秋山は雅子を残して一旦家に帰ることにした。作業着のままであったし、家の中も心配だ。幸いに公休でもあった。秋山はまた来ることを告げ、病室を出ようとドアノブに手をかけた時だった。

「あなた勘違いしないでね」

振り返ると雅子がベッドの上でほくそ笑んでいる。

「勘違い?」

「私は好きで倒れたんだからね」雅子は悪戯っぽく下唇を噛んでそう言った。

「なにを言うかと思えば。好き好んで倒れる奴があるか」秋山はドアノブを廻した。

「最近のあなたを見てたら、張り切っちゃっただけなのよ」

「そうか……」

「あなたが誰かのためにこんなに一生懸命になったのは西城君の事故以来でしょ。あの時、みんな自分のことしか考えてなかったのに、あなたは違った」

「若かっただけだ」秋山は表情を変えず吐き捨てる。

「私のことは大丈夫だからね。守ってあげて、若い子たちを」雅子は手を合わせて言った。

秋山は何も答えずにドアを開けると病室をあとにした。


病院からの帰り道、秋山は西城の事故現場にいた。手には花と子供の好きそうな菓子を携えていた。

病院から自宅へは遠回りになるがここに来なくてはいけない気がしてならなかった。

公園の下の法地、何もない一点を見つめる。しゃがみ込み、慣れた手つきで買ってきた花と菓子を供え、手を合わせる。と、その時だった。

「ありがとうございます」

背後で男性の声がする。振り返ると眼鏡を掛けた男が立っていた。年の頃は三十代後半といったところだろうか。男は秋山に小さく微笑む。

「以前にもここで手を合わせていただいてましたよね」男は秋山にそう尋ねた。

秋山は今年の春のことを思い出していた。そうだ、あの時トラックをいつまでも見送っていた男に違いない。

男は秋山の隣にしゃがみ込み手を合わせる。秋山はじっとその横顔を見た。遠い昔に見た記憶がある。

男は手を合わせたままゆっくりと口元を動かした。

「この子の兄です」

秋山の脳裏に三十年前、国道を呆然と見つめる男の子の姿が思い出された。ちょうどこの歩道で。

「私は……。私は……」秋山は反射的に土下座をしていた。気がつけば涙すら出ている。

「昭和街送の者なんです。本当に申し訳ない」

秋山は泣き叫ぶように謝罪していた。

「存じ上げています」男はそう言うと秋山の肩に優しく手を当てる。

「あれから三十年も経つのに、手を合わせていただけるなんて、亡くなった弟も嬉しいに違いありません」

「そう言っていただけると……」涙が止まらない。

「どうぞ、頭を上げてください」

秋山はゆっくりと頭を上げると男と目が合った。

一点の曇りもない感謝に満ちた表情だった。それがより秋山の良心に突き刺さる。

「あの事故の時、私はあなたに何も言えなかった。謝罪の言葉すらも……」

「いいんです。いいんですよ。あの時、私は七歳でしたから。目の前で起こっていることが、どの程度理解できていたのかも分かりません。ただ、さっきまで一緒に遊んでいた弟がもう戻ってこないんだということぐらいしか」

「申し訳ない。あなたの心にも深い傷を……」

目の前で実の弟をあんな無残な形で失うということが、どれほどのことか。秋山は想像するだけでも居たたまれなかった。

男は秋山がいま供えた花から地面の一点を見つめる。

「たしかに、あの事故から、それまであった日常は嘘のように消えていきました。でも、それは必然の運命だったのかもしれません。弟の自転車のブレーキが壊れていたのは知っていましたか？」男は静かにそう訊いた。

「ええ、知っています」警察の検証でブレーキワイヤーが錆びついていたこと、自転車のブレーキ痕が一切なかったことが分かった。それは今でも覚えている。

「父も母も知っていたんです。『大丈夫だろう。そのうち』そう言って棚上げした矢先でした」

「そうでしたか……」初めて知る事実だった。

「あの事故のあと、父と母はお互いに責め合い毎日のように言い争っていました。家族が支え合っていかなければならないにもかかわらず。そんな父母ですから事故から一年も経たないうちに別れました。私は母と二人でしばらく生活していましたが、母も突然に姿を消しました。あとから聞いた噂では男ができて私が邪魔になったそうです。気がつけば私は施設に預けられていました」

「あの事故から、そんな生活を……」

　秋山は身を切られるようだった。

「私は世間的に見れば不遇な運命なのかもしれません。ただ私にとって救いだったのが施設での生活でした。父と母のような大人しか知らない私には施設の大人たちが別の人種のようにすら見えたのです。責任感があり、温かかった。とても温かかった。全てから捨てられた私でも生きていてもいいんだと教えてくれました。愛児園アルメリア。私にとって故郷のような存在です」

「愛児園アルメリア？」

秋山はその名前に覚えがあった。男は続けた。

「園での生活で幼い私たちにとって特に楽しみであり支えとなったのが、毎週宅配便で送られてくるお菓子でした。送り主は何年も前に卒園された方からだったのですが、毎週欠かさず必ず送られてくるのです。クリスマスや誕生日にはプレゼントも添えられていました。その度に私は見捨てられていないんだと実感することができたんです。支えられ、救われました」

「毎週、お菓子が……」

千鶴さんだ！　彼女が毎週必ず送る荷物、宛先も愛児園アルメリア！

「私も誰かを救える人間になりたい。いつからかそう考えるようになりました。そして、私にとってそれは一つの不思議をこの世界からなくすことでした」

「不思議？」秋山にとって思いも寄らない言葉だった。

「ええ、一瞬で弟の命を奪っていった交通事故です。人が為すものにもかかわらず誰一人として望んでいないのに。誰も望まないのに誰かが起こしてしまう交通事故をこの世界からなくしたい。そんな思いが私の中にいつからか芽生えていました。私は今プリズム自動車で安全装置の研究をしています」

「あのプリズム自動車で……」

プリズム自動車といえば国内最大規模の自動車メーカーにして、その安全装置はもっとも先進的であり信頼性が高いと言われている。

男はゆっくりと腰を上げた。秋山も立ち上がる。

真っ直ぐだった。

あの事故で大きく人生をくるわされたにもかかわらず、真っ直ぐにこの男は生きていた。

秋山は自らの三十年を思うと恥ずかしさと後悔で居たたまれない想いだった。

「また、ここで手を合わさせてもらってもいいですか」秋山は男と供えた花を交互に見る。

「もちろんです。またこうして、ここでお会いできる日を私も楽しみにしています」

男は秋山に深々と頭を下げると笑顔を残して去っていった。

秋山は男が見えなくなるまでそこを動かなかった。

「あと三カ月もある。最後にあの人に会わなければ」

秋山は誰にともなくそう声に出していた。

懲戒解雇の日まで九十六日

東京。都心部の高層ビルが立ち並ぶ片隅(かたすみ)に木々の生い茂る杜(もり)がある。ここが、何者かにより管理されている土地であることは、高さ二メートルほどの鋼鉄製の柵で外界と仕切られていることからも分かる。

この柵沿いを通りがかる者の多くはそこが一体どういう杜なのかを知らない。何か公共的な施設か、研究所ぐらいに考える程度だった。

そんな広大な敷地の東側の一角に重厚な木製の門扉があり、その門柱には「松平」という表札が小さくかかっている。門構えの割にはあまりにも小さな表札であった。そのせいか多くの者は、そこが実は一軒の民家であることを知らずにいた。

松平桜乃輔。それがこの屋敷の主の名である。

その松平が住む屋敷の門前にスーツ姿の男が立っていた。普段着慣れていないのだろう、スーツが体から浮いているように見える。

「今日で三日目ですよ。一回目は外出、二回目は病床、そう言って追い払っていましたが今日は何と言いましょうか。それとも警察を呼びますか?」玄関番と庭師を兼ねた土井は側仕えの内藤にそう尋ねた。

「その前に一応、お耳に入れておくか」内藤は長年の経験からそう判断した。実際、松平の家にはいろいろな人間が訪れる。その中には松平に会わせるべきでない人間もいる。特にアポイントのない者にそうしたものが多い。だが、時折、帰すべきでない人間も稀にいるので念のため報告に上がるのだ。

小柄な老人が書院造りの広縁に出て枯山水の庭を眺めていた。

「松平さん、外に不審な者がおりまして、松平さんに話があるというのですが」内藤は立ったまま松平にそう伝えた。松平の家では無用な礼儀はいらない。家人はみな主人である松平を「松平さん」と呼ぶ。

「どう不審なんだ?」松平は内藤に小さな背を向けたまま庭を見ている。

「どうと言われると困るのですが、とにかく松平さんに会って話がしたいの一点張りで、内容は松平さんにしか言えないと」

「名は?」

「アキヤマススムと一応名乗っていますが、本名かも怪しいです」

「……。会おう。庭に呼んでくれ」松平は庭園の一角にある休み処を指さした。

「は、はい!」内藤は驚いて急ぎ足で戻っていく。松平が休み処で会うという人間は、ただ者ではないからだ。

それから間もなくして内藤に連れられた秋山が現れた。内藤は恭しく「あちらです」と言うと深々と一礼して退いていった。

秋山の目の前には、僅かに葉を残した紅葉を見上げる小さな老人が背を向けていた。弱弱しい。

この背を向けた老人が松平だとすれば昔の気迫の漲った面影はもうそこになかった。やはり時間が経過しすぎたか。何を進言したところで徒労に終わってしまうかもしれない。そんな不安が秋山を襲う。

秋山は老人の近くまで歩み寄ると深々と礼をし、突然の訪問をまず詫びた。

「秋山晋と申します。このような形で押し掛けてしまった無礼をお許しください」

秋山は頭を下げたまま松平の言葉を待つ。

一介の社員でしかない自分のことなど覚えているはずがない。初対面という前提である。

「久しぶりだな、ススム」

その呼び方は昔と同じだった。秋山が驚いて頭を上げるとそこには昔見た温和な目尻と強い眼光がある。

「お、覚えていらっしゃるんですか」秋山の目頭がじわじわと熱くなる。

「忘れるか。そこまで耄碌しとらんわ。まあ立ち話も疲れる。そこで話そう」松平はそう言うと休み処へと秋山を誘った。

秋山の目の前には白い庭と杜が広がる。

木々から頭を出す高層ビルがなければ、そこが東京のど真ん中であることを忘れてしまいそうだった。

「話は昭和街送のことか」松平から訊いてくれたのは秋山にとって有難かった。

「はい」

秋山はそう頷くと胸元から封筒を取り出し中から数枚の書類を出した。

「先月のタイムカードと点呼記録です」

松平は胸元から老眼鏡を取り出し秋山から渡されたものを丹念に見ていった。

タイムカードは労働時間、点呼記録は運転時間と当日の荷物量が一目で分かる。

「そしてこれがドライバーたちのタコです」

秋山が最後に手渡したのはタコグラフ、つまり運行記録であった。ドライバーの一日の運転の様子が克明に偽りなく記録されている。

松平は一つ一つ熱心に見ていく。その様子に昔の面影が重なった。しばらくの間、秋山は待った。

どれくらいの時間が流れたであろうか松平が老眼鏡を上げた。

「異常だ」

松平はたった一言そう呟くと深い溜め息を洩らした。

「人の流出が止まりません。このままでは、このままでは昭和街送は……」秋山はそのあとの言葉がどうしても出せなかった。

「潰れてしまうな。そして、喰わせる。それが加神の狙いか」松平は淡々とした口調であとを引き取った。

秋山はゆっくりと首を縦に振る。

「人がいなくなっていく会社は仕事もなくなっていくものだ」

松平はこの雲の上のような屋敷で、昭和街送の水面下深くで行われている謀略を既に知っているようだった。

「私は間もなく会社を去りますが、どうか若い者を助けてください」秋山は椅子から降り、地面に両膝をつき頭を下げて言った。

「お前の話は分かった。これではいつどんな事故が起こっても不思議ではない。針の触れが異常だ」松平は運行記録を捲る。

「私は、ただ若い者に西城が起こしたような悲惨な事故を経験させたくはないんです。西城のような辛い人生を送らせたくないんです。西城のような……」秋山の言葉はそこで詰まってしまった。

「あの事故は確かにもう誰にも経験させたくない。だが、ススム、違うんだ」

「いえ！　違いません！」秋山は駄々っ子のように頭を振る。

「分からん奴じゃのう」

「そんな、松平さんまで」

「そうじゃない！　あの事故は西城君が起こしたものではないんだ」

「……。西城じゃない？」

そこで松平は確かに首を縦に振った。

「じゃあ誰が？」

「ススム、警察の実況見分調書の内容は覚えているか」

それは秋山にとって忘れるはずもないものだった。

あの事故はトラックが片側三車線の中央車線を走っているところに、道路脇の坂道から飛び出してきた五歳の子供の乗った自転車が衝突したというものだった。子供はトラックの下敷きとなり、後続の車にも轢かれるという悲惨なものであった。

また、トラックも子供を避けようと急ハンドルを切ったため歩道側街路樹に衝突。その衝撃でトラックの運転手と同乗者はフロントガラスを突き破り、車外に放り出されてしまった。特に西城の怪我は酷く意識不明の重体。誰もが最悪の事態を覚悟した。

警察は当日の点呼記録と同乗者の証言により西城を運転手と断定。

事故から一週間後、西城は奇跡的に意識を取り戻すが、事故の衝撃により西城は二つのものを失った。一つは左半身の自由。そしてもう一つが事故前後の記憶であった。西城が唯一覚えていたのは子供とぶつかる瞬間に子供と目が合ったことだけだった。

「ところがだ」

松平は強い視線をもって秋山を見据えると話しだした。

「一年前、西城君が関西から帰ってきた。その時、部下の運転する車で偶然にもあの事故の現場を通過した。あの時と同じように真ん中の車線を走って。思わず事故現場に目をやると一人の男が立っていたそうだ。次の瞬間、三十年前、事故の時も衝突の直前に歩道から子供が叫んでいたのを思い出したそうだ。そして前を見ると自転車に乗った子供がトラックの前にいた。すぐに危ないと言ってハンドルを切る同僚。その時初めて、三十年間、記憶の欠落にあてがわれた過去が偽物だったことに気付いたそうだ」

「じゃあ、あの時、西城は運転席にいなかった」

秋山は自分の手が震えていることに気づく。

「地理に不案内な西城君は事故の直前に少しぐらいなら平気だと言う同僚と運転を変わっていたそうだ。西城君はあの事故の時、助手席にいた。そして運転席にいたのが」

「あの時、目を怪我していた」

「そう」

「加神！」

経験したことのない感情が秋山を襲う。それは西城が加害者ではないという軛の外れたような解放感と、加神に対する義憤と恐怖の入り混じったものだった。

秋山は当時のことを思い出していた。

三十年前のあの日、加神の左目は朝から赤く充血していた。

「大丈夫か加神、見えるのか？」

　朝の点呼執行時、秋山は加神の目の異状に気づいた。

「ああ、右目はいけるんで大丈夫だ」

　加神は左目を細めながらそう言うと、荷物を満載にしたトラックへ向かった。その日、加神は右目だけで作業と運転を行っていた。

　終了点呼時、その日の業務を終えると加神の左目はさらにひどく開けていることもままならないほどになっていた。

「お前無理すんなよ。それじゃあ危なくて運転させられないぞ」秋山は運行管理者として明日、加神に運転させることはできないと判断した。誰か代走を出すしかないと考えている時だった。

「なら、俺が明日出てやるよ」そう言ってくれたのが後ろで点呼を待っていた西城だった。

「お前、連勤が長くなるだろ。それに加神のエリア分からないし」と秋山は言ったものの他に明日走れる人間もいないことに気づいた。結局、地理不案内の西城の横に加神が案内役で乗る形で翌日は凌ぐこととなった。

　そして、あの事故が起こった。

　事故後、西城と加神は同じ病院に搬送されたが二人の怪我の度合いは大きく違った。加神は全身を何カ所か負傷し、右肩を骨折したものの意識もしっかりとしていた。だが、西城に至っては意識すらもなく頭蓋骨骨折の危篤状態。医師も最悪の事態を予告していた。誰もが諦めかけた事故から一週間後、西城は奇跡的に意識を取り戻す。

警察は点呼記録と加神の証言により、西城の運転するトラックが歩道から飛び出してきた自転車に乗る子供を撥ねたと結論付けた。

当時の加神は誠実を絵に描いたような存在だった。むしろ秋山や西城のほうが俗物的だったに違いない。そんな加神の証言を疑う者など誰一人としていなかった。それは秋山もそうであったし、西城ですらもそうであった。

そこで秋山はあることに思い当たる。それは今や会長となった加神が末端の管理職にすぎない秋山と、たった一枚の手紙で簡単に会ってくれたことだった。秋山はあの時、あまりのことに多少拍子抜けすらした。もしかすると、加神は秋山があの事故の真実を知っていたか、もしくは知ったと勘違いしたのではないだろうか。読みようによってはそうも取れる文面だったかもしれない。

しかし、そんなことはもうどうでもいい。今は西城のことだ。

事故から三十年、西城は加害者としての罪と罰を負いながら体の自由をも失った。

一方で加神は順風満帆の人生を歩み、今や十一万人の社員を要する会社のトップにまで昇りつめたのだった。

世の中は不条理に満ちたものだとは秋山とて身に染みて分かっていたつもりだったが、

これほどまでとは俄かに受け入れられなかった。

「ススム。西城君が不憫であろう」

そんな秋山の気持ちを察してか松平はそう訊いた。秋山は力なく頷く。

「誰もがそう思う。ワシとてそうだ。だが当の西城君は違ったんだ」

「違った？　西城に会われたんですか」

秋山は思わず声が上ずる。

「ああ。ちょうど一カ月前だ。ススムと同じように突然門前に現れた。ススムと違うのは西城君はまずワシに来意を告げる手紙を渡してきたところだな」松平は横目で秋山を見ると頰を崩した。

「申し訳ございません」秋山は頭を下げる。気持ちばかりが先走って、礼を欠いていた自分がいたことに気づく。

「まあ、そんな順序のことはどうでもいい」松平は話を本題に戻すようにそう言うと項垂れたままの秋山に尋ねるのだった。

「その際、西城君がなんと言ったと思う？」

秋山は西城の性格を思い起こしてみたがまったく予想がつかなかった。

「分かりません」

松平は何度も頷く。分かろうはずがない。この松平自身も想定していなかったと言っているようだった。

「西城君はあの痛ましい事故の加害者は自分でいいと言ったんだ」

「そんな馬鹿な！」秋山は信じられないとばかりに顔を上げた。

「自分だからあの事故を教訓として昭和街送の後進に伝えることができたと」

「たしかに、加神では……」

秋山は目の前にある庭園の小さな岩に目をやった。小さく突き出た岩から曲線が波状にどこまでも伸びていた。それは、西城の生き方を準えているようだった。でも、どうしても拭えない何かが秋山の中にあった。

松平はそんな秋山から目を転じ都心の空を見遣る。それから、さらに遠くを見るように目を眇めた。

「あの事故の翌日、ワシが営業所を訪れた時、お前は土下座して西城君の免罪と、自分の処罰を願いでたな」

「……」秋山の脳裏に三十年前の光景が浮かぶ。

「そしてその後、関西での勤務となった西城君の代わりに、三年間毎日、一日も休むことなく、事故現場に行き、花を新しいものに取り換えていた。西城君はそのことを人づてに聞いたのだろう。面倒くせえが口癖の秋山らしい。あの時、直属の上司がススム、お前で本当によかったと言っておった」

「西城が、そんなことを……」

秋山の心に重く圧し掛かっていた何かが崩れた。松平は大きく息を吸うと続けた。

「西城君はあの事故の真相を話してくれた。だが、彼の来意はそこではない」

「それ以外にも、何か？」

「彼の言葉を借りれば、三十年前のような事故が今日、どこで起きても不思議ではないほど今の昭和街送は危ないと。数万のドライバーが睡眠不足、過労状態でトラックのアクセルをべた踏みにしなければ終わらないほどに荷物に追われていると」

秋山は宇佐美の事故や退勤中に亡くなった太田の同僚のことに思いを馳せた。そんな秋山の背中を叩くように松平は言った。

「ススム！　加神を止めなければいかん！」

「はい」秋山は危うく今日の来意を見失いかけている自分に気づく。

「ワシの責任だと思っている」と突然に、松平の口調が弱弱しいものに変わる。

「どういうことですか」秋山は訊かずにはいられなかった。

「ワシが昭和街送を去るに当たって気がかりだったのが人事制度だ。最後まで納得いくものにできなかった。結果、あのような利己的な人間がトップに座ってしまい、お前や西城君のような人間が燻っている怠慢を許すこととなってしまった」松平は再び厳しい目つきになる。

「それは、我々の責任でもあります。申し訳ありません」おかしいと思っても、その場しのぎで従うばかりで変えようとしなかったのは事実だった。そんな秋山に松平はさらに怖い顔をして小さく肩を小突いた。

「今までの分も働いてもらうからな、ススム！」

松平はそう言うと立ち上がり、秋山にいたずらっぽく微笑むのであった。

懲戒解雇まで三カ月

秋山にとって最後の繁忙期は、それまでの昭和街送での人生の中でももっとも過酷な一カ月だった。若い所員を励まし、鼓舞し、時には助けられながら一日一日をどうにか凌ぐ毎日だった。

大晦日深夜におせちを配り終えると、年は変わっていた。昭和街送に入社してから元旦らしい元旦は数えるほどしかなかった。秋山にとってそれはもう当然のことであったし、秋山の家族にとっても疑問や不満をいだくものではなかった。

秋山は元日から配達に汗を流していた。一月に入れば例年、荷物は落ち着きを取り戻す。

ところがサガルマータの荷物は元日からそれを許さなかった。その勢いは二月になっても途切れることなく昭和街送を飲み込んだ。

数カ月前、秋山に端を発した騒動も既に過去のものとなっていた。現場は従前通りのサービス残業でこの洪水のような荷物を捌いていた。そうしなければ終わらなかったし、そうするのが一番賢いという空気が現場にじわじわと浸潤していった。逆らえば秋山のように定年間近での解雇という憂き目をみる。

数カ月の間に秋山に対する評価は大きく変わっていた。英雄から頭の悪い俗物へと変わっていたのだ。

だが、そんな評価を下す輩も、目の前にある現実は日々苦しくなる一方であった。昨日までの仲間は一人二人と退職者へと変わり、あちらこちらで昭和街送の薄紅のトラックは様々な事故を起こしていた。

元に戻りかけた昭和街送に激震が走ったのは二月下旬のことだった。秋山の退職の日までは残り一カ月となっていた。

『サガルマータ、昭和街送と資本提携を模索』
『サガルの荷物を昭和街送が独占の可能性』
『来月の定時株主総会で決定か』

そんなニュースが一斉に報じられた。

それまで、休みを削り、限界までサービス残業で凌いでいた昭和街送の多くの者はこれに息を呑んだ。

「これ以上は無理だ……」

加神が秋山に語ったことが本格的に始動しだした。

懲戒解雇の日まで八日

地下鉄の駅は人の波でごった返していた。今日のために駅員も増員して整理にあたっている。

改札を出ると「昭和街送株主総会会場」と書かれたプラカードを持った人間が随所に立ち誘導している。

会場は駅から徒歩五分ほどの多目的ホール。普段はコンサートやミュージカル、さらには国際会議などに使われることの多い施設で大小二十以上のホールや会議室を有する。

その施設の中でも最大の収容人数を誇る劇場型の会場は既に多くの人で埋め尽くされ、空席もそれほど残っていない。これだけでも昭和街送という会社の規模が窺い知れる。

午前十時、総会開始の時刻となった。

会場内全ての照明が落とされ一瞬闇(やみ)となる。すると、前方の巨大スクリーンに品の良い婦人が広いリビングで寛(くつろ)ぐ様子が映しだされた。

婦人は左手にスマホを持ち右手でタップする。次の瞬間、昭和街送最大の物流ターミナルが映しだされ、カメラがその内部に侵入すると幾体ものロボットが高速で荷物をピックアップし段ボールに梱包している。そのうちの一つが別のロボットにより仕分けられる。仕分けられた段ボール箱の一つがライン上を移動しカゴ車の隙間(すきま)に収まり、蓋(ふた)が自動で閉まる。カゴ車は生き物のように無人の構内を移動して無数に並ぶトラックの中に自ら入っていった。

すると昭和街送の制服を着た女性が登場する。モデルのような細身の女性だ。彼女は荷台の扉を閉めるとキャビンに乗り込んだ。トラックは静かに動き出す。

運転席に座った女性はハンドルを握っていない。驚いたことに自動運転だ。トラックは物流ターミナルの広い敷地を出ると風光明媚(ふうこうめいび)な田畑を通り街へ。しばらくして一軒の豪邸の前で停車。運転席から降りた女性ドライバーが荷台側面に立つと自動でスライド扉が開き先ほどの段ボール箱が目の前に出ている。

女性ドライバーはインターホンを鳴らさず素通りし玄関までその箱を運んでくると、冒頭の婦人がスマホを持って玄関扉を開ける。どうやら荷物の到着がスマホに通知されていたようだ。

婦人がスマホを差し出すと、女性ドライバーはスマートウォッチを近づける。「受取完了」の文字が二人のデバイスの画面に出ている。サインレス。

女性ドライバーは婦人に深々と挨拶をしてトラックに戻った。

物流改革はもうそこだ！

そう書かれたテロップが画面中央に映しだされると、長身の男が一人壇上に現れライトアップされた。

「株主の皆様、本日は第五十一回昭和街送株主総会にご参集いただき誠にありがとうございます。定款により本日の議長を務めさせていただきます、代表取締役会長兼社長を仰せつかっております加神康雄でございます」

そこで全ての照明が点けられると壇上には昭和街送の役員が居並んでいる。常務の大鎌、副社長の青坂の顔もある。そして中央には加神がいる。場内は歓声と拍手で割れんばかりになる。株主総会というよりは大物歌手のコンサートのようですらある。

それもそのはずで加神が社長の椅子に座ってから五年、昭和街送の売上と利益は顕著に増え続けた。加神以前も莫大な黒字を計上していたが、これで頭打ちだろうという世評を見事に覆し、さらに大幅な増収増益を毎年叩き出したのだ。それにともない株主への配当金も倍増し株価も高値を更新し続けている。株主にとっては非の付け所がない経営者であった。その功績から今や創業者である松平以来のカリスマ経営者とまで言われている加神の登場だ。場内が自然とヒートアップするのも頷ける。

　場内が静けさを取り戻すと、加神は議長として株主総数、発行済み株式数などを形式的に読み上げていく。誰が読んでも同じ内容だが、加神が読むと何か莫大な戦果を聴衆の前で披露するかのようだ。

　加神による宣言と報告が終わると監査役による監査報告が続いた。それが終わると再び巨大スクリーンに昭和街送のロゴが現れ、男性の声による事業報告が始まった。

　まず過去四期の売上がグラフで示された後、当期の数字が赤い棒グラフで示された。前年を大きく抜きんでて堅調な右肩上がりだ。さらに経常利益も過去四年分がグラフで示される。やはり右肩上がりだ。そして当期の利益高が売上と同じように赤いラインで示されると場内がどよめく。なんと前期の三倍以上の利益を残しているからだ。過去最高益という文言がテロップで示される。

　部門別経費の説明に移ると労働集約産業で荷扱い量が大幅に増加しているにもかかわらず人件費が減少している。オートメーション化の促進による成果だとナレーターの補足説明が入る。

　続いて来期の予想が発表されると場内からは歓喜すら漏れる。なんと、過去最高を大きく更新した今期利益すらも足元にも及ばない数字がスクリーンに提示されたからだ。

そこには今総会で提案されている最終議案、サガルマータとの資本・業務提携の暁には
という注釈が付け加えられている。

場内の熱気は時間とともに高揚していき、総会は決議事項へと移った。

第一号決議案、決算報告書の承認。第二号決議案、取締役の選任。第三、第四と議案は順調に承認されていく。

場内を埋める一万人近い株主からは何の言葉も出ない。現経営陣に対する全幅の信頼が会場に漲り、余計な質問や意見が野暮にすらなってしまう空気があるからだ。

そしていよいよ、日本発にして今や国内最大のプラットフォーマーとなったサガルマータとの資本業務提携に関する事項が本日の最終議案として上げられた。

代表取締役会長兼社長であり議長の加神が議案を読み上げる。

それによればサガルマータからはIT・ロボット技術を、昭和街送からは物流に関する知識と技能を出資し、これまで生じていた無駄を削減しシナジー効果を上げていくというのだ。さらに提携をより強固、つまり他の運送会社が同様の提携をサガルマータと結ばないようにするため、資本提携によりお互いの株式を取得し合うというのだ。

結果、現在はサガルマータが出荷する荷物の六割を昭和街送が受注しているが、それを全て受注し、さらなる利益と株主への還元を約束するというのだった。

場内は固唾を飲む。加神はやおら言葉を続けた。

「株主の皆様、私が昭和街送代表取締役社長の大任をお預かりして早いもので五年が経ちます。その間、もう限界だと言われた壁が何度もありました。だが、私自身は微塵も限界だとは思わなかった。『まだまだだ！』そう自身に言い聞かせてきました。限界とは自らが作る虚構でしかないのです。甘えでしかないのです。つまり、私にも昭和街送にも限界は存在しないのです！」

会場は拍手喝采で突き上げられるように熱狂し、加神は目を瞑り万雷の拍手に聞き入る。この世界にある全てを手にしたような瞬間であった。その加神が目を見開いた。

「それでは本議案についての質疑応答に移りたいと思います」

場内は再び静まり返る。

今や稀代の天才経営者とまで言われている加神の押す案に間違いなどあろうはずがない。無条件で承認されるかと思われた時だった。場内の中ほどで手が上がった。油断していた会場スタッフが慌ててマイクを運ぶ。

「どうぞ」加神は笑顔で発言を許す。

「百八件。平均四時間。そして五十一名。加神会長この数字が何か分かりますか？」

加神は口髭をさわると目を細めた。

どこかで聞いた声だった。発言者は起立しているが加神からは顔が判然としない。加神は必死に記憶の引き出しを漁る。妙な胸騒ぎがするからだ。次の瞬間だった。

「秋山！」

　加神は思わず叫んでいた。場内の視線が一斉に発言者に向く。

「百八件。現在、昭和街送が労災により係争中の裁判の数だ。その中には月二百時間以上残業し亡くなった社員も多数いる。さらに、今年度、交通事故を起こしたドライバーの平均睡眠時間が四時間。そして、その事故の中で死亡事故に至り殺めた命が五十一名だ。それでもまだ限界ではないというのか、加神！」

　突然の横やりに場内がざわつく。加神はネクタイをきつく締め直し下唇を噛んでマイクを握った。

「何を言いだすかと思えば根拠のない話を。このような場で発言する内容としては極めて相応しくない。ここにいるということは株主としての入場だろうが最小単位に決まっている。今日ご来場の中には数万、数十万という単位で弊社の株をご所有の方もいるんだ。分を弁えろ！」加神の叱責が飛んだ。

「株数が多ければ聞く耳を持つのなら、この松平桜乃輔も秋山君と同意見だぞ、加神君」

「松平桜乃輔!?」

　さらに場内がざわつきだす。

　松平桜乃輔といえば昭和街送創業者にして筆頭株主。そして戦後の日本経済史に残る名経営者だ。その力は経済界だけでなく政界にも及び、物流業界の神様とさえ言われた存在である。だが、十数年前、後進に一切を託してからは表舞台から姿を消し、亡くなったという噂もあった。そんな歴史上の人物が突然現れたのだ、場内はこの日一番の興奮状態となっていた。

「加神会長、薬も過ぎれば毒になるものだ。サガルマータとの提携は毒に侵された体にさらに毒をもるようなものだ。ワシは大反対だ！」松平の声が場内に響き渡る。見れば松平はマイクも使っていない。高齢で小柄にもかかわらず恐ろしくよく通る声だ。

「松平さんまで理不尽なことを……」加神はどうにか穏やかな表情を作り応じたが握られた拳はぶるぶると震えている。

「理不尽？　それは加神会長だ。子会社の金を使い込み、自分の会社と社員を売り物にし、さらには自分が起こした交通事故まで同僚に擦りつけおってからに」松平はそう言うとカラカラと笑いだした。

　ガシャン！

　加神は突然に議長机を蹴り倒した。

「そいつらを摘まみ出せ！　俺は議長だ！」

　加神は顔を真っ赤にして吼えたてた。スタッフ社員の何名かが秋山と松平の周りに集まる。と、その時だった。

「この会場から出なければならないのは貴方のほうだ」

その声は檀上の役員席からだった。そう発言したのは副社長席に座る青坂徳三であった。

加神が青坂を睨みつける。

「貴様、誰に向かって何の権限があって言ってるんだ！」加神は目を剝いて、青坂ににじり寄る。

青坂は加神に一瞥をくれただけで平然として株主のほうへ向き直った。

「皆さん、これをご覧ください」

青坂がそう言うと前面の巨大スクリーンにニュース番組らしきものが流された。

映っているのは昭和街送本社ビルだ。レポーターの女性が興奮した声で喋りだした。

『東京地検特捜部は昭和街送本社と代表取締役会長兼社長の加神康雄容疑者の自宅に強制家宅捜索に入った模様です。容疑は六十億円以上に上る巨額横領および特別背任の疑いです。昭和街送は本日、株主総会を行っており、現在も総会中で、加神会長以下の役員は全員総会に出席しているようです。株主総会当日の家宅捜索は極めて異例ですが、地検は敢えてその虚を衝き、証拠隠滅のおそれの少ない本日捜査に踏み切った模様です。今、続々と地検の捜査員が昭和街送本社内に入っていきます！　なお、捜査員の一部は株主総会会場にも派遣されているようで、総会終了次第、加神会長兼社長を逮捕する模様です。以上昭和街送本社前からでした』

場内は水を打ったように静まり返る。今までのお祭り騒ぎがまるで夢であったかのように。

加神は蒼白の表情となり、膝から崩れ落ちると廃人のごとく何かを呟いていた。

青坂は、その加神がいる壇上中央まで来ると、深く首を垂れた。

「株主の皆様、そして社員の皆様、これが今の昭和街送の真の姿です。経営を任された者の一人として深くお詫び申し上げます。誠に、申し訳ございませんでした」

青坂は頭を下げ続ける。ここまで、加神の暴走を許し、現場の疲弊を知りながらも、大きな力の前で何も出来なかった。逃げていた自身への贖いの気持ちからだった。

その時、場内の中ほどで、一人の男が立ちあがる。

「加神、社長らしくとは言わない、人間らしく今までの罪を償ってもらうぞ」

最後にそう秋山が言った。


その後、加神は総会終了を待たずして、待ち構えていた地検特捜部に逮捕された。

検察の強引ともいえる株主総会当日の捜査・逮捕は加神に証拠隠滅の機会を一切与えなかったが、それを検察に提案したのは昭和街送副社長である青坂であった。昭和街送内において絶対的な力を持ち、しかも頭の切れる加神を失脚させるには、この日しかなかった。

そこには青坂なりの昭和街送への思いがあった。創業社長である松平から「後を頼む」、そう託されてから十数年、青坂は昭和街送が利益一辺倒に邁進して行くのを憂慮し、同時に数字では表せない大切なものが失われていくのを危惧していた。たとえクーデターだと揶揄されてもいい、加神に返り討ちにあってもいい、守るべきものを守ろう、そう誓ったのだった。その結果、事件の全容が白日のもとにさらされることとなった。

昭和特輪から加神が引き出していた金額は陣内が秋山に伝えていた通り六十億円であったが、加神は昭和街送からも不正に資金を引き出しその額は九十億円に上り、合計で百五十億円という莫大な金額であった。

加神はその全額を架空のコンサルティング会社に回し、そこから複数の金融機関を迂回して加神の口座に振り込ませていた。

加神はサガルマータとの提携が完了した暁には、臨時株主総会と取締役会を経て代表取締役会長兼社長から退き、相談役となり外見上は経営の一線から離れる予定であった。

そして新経営陣のもと、一年か遅くとも二年をかけ昭和街送を創業以来の経営危機に陥らせる。原因はサガルマータとの提携により手にした莫大な量の荷物と相反して減少していく労働力、つまり社員の離反である。昭和街送は労務倒産の階段を一気に転がり落ちるシナリオであった。

結果、昭和街送の株価は暴落。底値を見計らったところでサガルマータが買収に動きだし、昭和街送を完全子会社化する。自らの配送網を欲していたサガルマータには濡れ手に粟であり、他のECサイトを退けることもできる計画だった。

その間、加神は百五十億をもって暴落した昭和街送株を買いあさり、買収話により高騰（こうとう）した段階で売り抜ける予定であった。

さらに加神は秋山に語ったように、昭和街送がサガルマータの子会社となり、サガルマータが世界に進出していくにあたり、サガルマータ日本法人社長となる内約まで取り付けられていた。

これら全ての謀略（ぼうりゃく）は検察が押収した加神の自宅パソコンのメールから露見したものであり、後日、サガルマータ本社にも捜査のメスが入り、前述の内容が裏付けられる文書、パソコンが証拠として押収された。

その際、ほとんど表に出てこなかったサガルマータ社長の姿が明るみに出ることとなった。それは加神が秋山に教えたように本当に若い女性で、まだ三十前後にしか見えなかった。

この事件は日本を代表する運送会社のトップが、その社員と会社、さらには顧客をも裏切り、一個人の私欲のためにそれらを売り物にしようとしたということ、さらに横領金額が尋常でないことから連日マスコミに報道されることとなった。

その中で三十年前の交通事故の真相も明らかになり、報じられることとなった。

それから二カ月後

加神(かがみ)逮捕後、昭和街送(しょうわがいそう)は副社長の青坂(あおさか)が社長に就任し経営陣が大規模に刷新された。加神の息のかかった多くの役員、幹部が解任させられることとなったのだった。

そこにはやはり松平(まつひら)の力が大きい。

秋山(あきやま)が松平のもとを訪れた翌日、松平は青坂を呼び出していた。そこで、加神告発からその後の経営のことまでの全てが話されたのだった。

新経営陣による最初の仕事は、今回の騒動のもう一つの黒幕であるサガルマータとの契約内容の見直しであった。

その結果、即日便の中止、運賃の値上げ、さらに三カ月後をもって契約の終了が確認された。

さらに、新社長の青坂は、それまで利益第一主義であった経営を安全第一へと回帰すると宣言。交通事故および労災事故ゼロを目標とし、その責任者に抜擢(ばってき)されたのが西城(さいじょう)であった。

西城は本社安全対策部部長兼取締役として、それまで名目だけとなっていた安全第一を名実ともに成し遂げるべく抜本的な構造改革を託された。

その手始めとして車両の安全装置を全車両に搭載(とうさい)することが決定され、そこにはプリズム自動車の協力を全面的に仰ぐこととなった。

そんなふうに昭和街送が大きく生まれ変わろうとする中、港北(こうほく)第三営業所では嬉(うれ)しいニュースが続いた。

パート社員であった福岡綾乃(ふくおかあやの)が短時間勤務の正社員に登用された。新社長のもとでの構造改革の一環だ。今後、多様な働き方に対応していかなければ労働力の確保は難しくなる。その手始めとしてパート社員の正規雇用化が促進された。福岡の場合、年収も上がると同時に今まで以上に育児の時間も確保される。

育児といえば、あの熊沢涼介(くまざわりょうすけ)が父親になる！

一年前には「天然」だという奥さんとの間に大惨事(さんじ)も起こったが、その奥さんとの間に待望の子供ができたそうな。営業所の中にはいろいろ心配の声もあるが、熊沢本人は極めて幸せそうなので、熊沢の子で間違いはなさそうだという結論に至っている。

その港北第三営業所の所長にこの春から就任したのが冴木柚菜(さえきゆずな)であった。事務職から初の所長に推挙された。

推挙者はこれまた、この春から新任の都賀谷光一(つがやこういち)人事課長と支社長を任された中埜清達(なかのきよたつ)

であった。ちなみに吉住、白鳥などの旧管理職は全員他の都道府県の現場に降ろされた。

冴木率いる新生港北第三営業所の駐車場では、昭和街送の薄紅色のトラックの前で西野大介が金槌のような物を持ちながら二人の新入社員に相対していた。遠くで見ると西野が新人に焼きを入れているようにしか見えないが、近づいてみると西野が持っているのは金槌ではなく点検ハンマーで、どうやらトラックの日常点検を手ほどきしていたらしい。昭和街送に久しく入らなかった新入社員であったが、この春に営業所に配属されたのだった。

西野といえばクレーム工場の異名を持っていたが、それが今年になってからは一件のクレームもなく、むしろ感謝状が届くまでに成長していた。

そして、同期三人組のもう一人である宇佐美将太もスーパー銭湯での事故以来無事故を続けていた。荷物の数が減ったことも大きいが、宇佐美の中でいい意味での開き直りができるようになったらしい。

その宇佐美はこの日、異常に重たいスーツケースを団地の五階まで担ぎ上げていた。中に送った本人でも入っているのではないのかと疑いたくなるほどだ。

伝票を見ると本人が自宅に送ったものだった。今日の午前中指定になっている。

宇佐美はインターホンを押す。応答がない。自分でこの時間に指定しておいていないはずがないのだが。しばらく待つが変化はない。

「えー！　いないの？」

宇佐美は仕方なく不在票を入れた。

と、その時だった。「すみません」という声がする。宇佐美はスーツケースを思わず凝視する。スーツケースの中から声がした気がしたからだ。本当に送った本人が中に入っているのでは？　宇佐美が怯えながらもスーツケースに耳を当てていると、目の前の玄関ドアが少しだけ開いた。ドアの隙間から今投函したばかりの不在票を手にしながら寝ぼけ眼の男が出てきた。

「すみません寝ていました。起きなければと思いながらも駄目でした。お忙しいのにすぐ出れなくて申し訳ないです」

男は宇佐美が恐縮してしまいそうなほど何度も頭を下げる。

宇佐美はスーツケースを渡し受領印をもらった。男はさらに頭を下げながら、こう続けた。

「実は去年もこのスーツケースを届けていただいたんですけど。その時は起きれなくて。年配のドライバーさんに午後再配達してもらったんですけど、その方は嫌な顔一つせず持ってきてくれたんです。俺、自分が恥ずかしくなる思いでした。だから、今年は起きようと思ったんです」

年配のドライバーとは秋山さんのことだろう。秋山さんなら面倒くせえと言いながらも快く再配達に伺ったに違いない。

「ありがとうございます。お世話になりました」お客さんはそう言うとドアを閉めた。

近頃、世間のお客さんが同情的だ。昭和街送が加神前会長の事件を通してテレビなどで取り沙汰される過程で、その過酷な労働環境が明るみになったからだった。

運送業界が慢性的な人手不足であり、そこの従業員が搾取に苦しめられていることが少しずつ認知されてきたようだった。

宇佐美は受領印をもらった配達票を胸ポケットにしまう。そして踵を返して反対側の五〇二号室のインターホンを押した。集荷の依頼が入っているからだ。

「ハーイ」という女性の声とともにドアが開いた。

「あら今日は宇佐美君なのね、これ一つお願いね」女性は玄関に置いてある段ボール箱を指さす。

「毎度ありがとうございます。ところで、お体のほうはもうだいぶいいんですか？」宇佐美がそう尋ねたのは穂積千鶴であった。

つい先日、長い入院生活から解放され、自宅での療養に切り替わったばかりであったのだ。

「お陰様でね。治療と通院はしばらく続けなければならないけど、この分なら治癒するだろうって」宇佐美が久方ぶりに目にした穂積はやはり痩せて見える。

「よかったあ。みんなで穂積さんのこと心配してたんですよ」

「あら、嬉しいわね。でも、あたしも心配している人がいるのよ。秋山さん、その後、どうした？　定年できたの？」

「それが……」

宇佐美は思わず言葉が詰まる。

この春、昭和街送では十年ぶりの定年退職者が誕生した。過酷な労働環境を忍び、ジジイ狩りにも耐え、ついにこの日を迎えることができたのだった。頭は白髪で真っ白となり瘦せこけた頰が痛ましい。女性社員から花束を受け取るその姿は、まるで長い闘病生活からようやく退院を許された者のようだった。

涙ながらに花束を受け取るのは埼玉支社の山崎であった。山崎は過呼吸の発作で何度も倒れながらも出社し、とうとうこの日を迎えたのであった。

では、秋山は？

早朝五時、秋山家では雅子が玄関先で革靴を履く夫に弁当を渡していた。

「カステラ、買ってきてね。あと皿うどんも忘れないでよ」

妻の注文に閉口する秋山はスーツ姿である。着慣れてきたのかスーツもだいぶ板に付いてきたようだ。

「仕事で行くんだぞ！　長崎は」

その日、秋山は長崎支社に赴き、部下に暴行を働いたパワハラ上司の処分と、被害に遭った社員の面談に行く。朝八時の飛行機に乗らなければならない。

「わたしも、一緒に行こうかな。おいしいものいっぱいあるのよね、長崎は」そうぼやく雅子は倒れてからパートの出勤数を減らしたせいか少し丸みを帯びてきたようだ。

「分かった、分かった。カステラも皿うどんも買ってくるよ。面倒くせえけど」

「室長、ありがとうございます」雅子は慇懃に礼をする。

「その呼び方を家でするな！」

秋山はそう妻に突っ込むと家を出た。

秋山はこの春から新設された働き方改革室室長に就任し、違法状態の職場環境の立て直しを命じられていた。

辞令は新社長の青坂から直々に手渡されたものの、そこには松平の口添えによるところが大きい。

結局、秋山の懲戒解雇は取り消されたが、定年も棚上げされた。無期限の定年延長ということになったのであった。

秋山は辞令を受け取る数日前に松平に呼び出されていた。

「自分の孫に自信を持って勧められる会社にするまで定年はお預けだ」

「ええ！　面倒くせえです」

秋山は顔をしかめながらそう言った。

それから約一カ月。

最寄り駅へ向かう秋山の足取りは軽い。その表情を見る限りでは松平との約束が実現するのも、そう遠い未来のことでもなさそうであった。

※この作品はフィクションです。実在の人物・団体・事件などにはいっさい関係ありません。

集英社オレンジ文庫をお買い上げいただき、ありがとうございます。
ご意見・ご感想をお待ちしております。

●あて先
〒101-8050　東京都千代田区一ツ橋2-5-10
集英社オレンジ文庫編集部 気付
風戸野小路先生

ラスト ワン マイル

2021年8月25日　第1刷発行

著　者　風戸野小路
発行者　北畠輝幸
発行所　株式会社集英社
〒101-8050東京都千代田区一ツ橋2-5-10
電話【編集部】03-3230-6352
【読者係】03-3230-6080
【販売部】03-3230-6393（書店専用）
印刷所　図書印刷株式会社

造本には十分注意しておりますが、印刷・製本など製造上の不備がございましたら、お手数ですが小社「読者係」までご連絡ください。※古書店、フリマアプリ、オークションサイト等で入手されたものは対応いたしかねますのでご了承ください。なお、本書の一部あるいは全部を無断で複写複製することは、法律で認められた場合を除き、著作権の侵害となります。また、業者など、読者本人以外による本書のデジタル化は、いかなる場合でも一切認められませんのでご注意ください。

©KOMICHI KAZATONO 2021　Printed in Japan
ISBN 978-4-08-680402-8 C0193

集英社オレンジ文庫

櫻いいよ

アオハルの空と、ひとりぼっちの私たち

心にさみしさを抱えた、高1の奈苗は
とある事情で、クラスメイト5人だけで
3日間、授業を受けることになり…!?
真夏の恋&青春物語。

集英社オレンジ文庫

青木祐子

これは経費で落ちません！
1〜8

公私混同を嫌い、過不足のない
完璧な生活を愛する経理部の森若さんが
領収書から見える社内の人間模様や
事件をみつめる大人気お仕事ドラマ。

好評発売中

【電子書籍版も配信中　詳しくはこちら→http://ebooks.shueisha.co.jp/orange/】

ゆきた志旗

瀬戸際のハケンと
窓際の正社員

突然の派遣切りで、貯金もわずか。
崖っぷちの澪は、次の派遣先で
「窓際おじさん」と組んで、
マンションの販売営業をすることに…？

好評発売中
【電子書籍版も配信中　詳しくはこちら→http://ebooks.shueisha.co.jp/orange/】

集英社オレンジ文庫

春秋梅菊

詩剣女侠

舞い踊りながら岩紙に詩句を刻む武芸『剣筆』。
その名門・斐家は親族の乗っ取りにあい、病弱だった
令嬢・天芯も御家再興の道半ばで亡くなってしまう。
斐家の侍女だった春燕は遺志を継いで復讐を誓い、
天芯になり代わって有名な老剣筆家を訪ねるが、
現れたのは二人の青年で…？

好評発売中
【電子書籍版も配信中　詳しくはこちら→http://ebooks.shueisha.co.jp/orange/】

コバルト文庫　オレンジ文庫

「ノベル大賞」募集中！

小説の書き手を目指す方を、募集します！

幅広く楽しめるエンターテインメント作品であれば、どんなジャンルでもＯＫ！

恋愛、ファンタジー、コメディ、ミステリ、ホラー、ＳＦ、etc……。

あなたが「面白い！」と思える作品をぶつけてください！

この賞で才能を開花させ、ベストセラー作家の仲間入りを目指してみませんか!?

大賞入選作
正賞と副賞300万円

準大賞入選作
正賞と副賞100万円

佳作入選作
正賞と副賞50万円

【応募原稿枚数】

400字詰め縦書き原稿100〜400枚。


【しめきり】

毎年1月10日（当日消印有効）

【応募資格】

男女・年齢・プロアマ問わず

【入選発表】

オレンジ文庫公式サイト、WebマガジンCobalt、および夏ごろ発売の文庫挟み込みチラシ紙上。入選後は文庫刊行確約!

（その際には、集英社の規定に基づき、印税をお支払いいたします）

【原稿宛先】
〒101-8050　東京都千代田区一ツ橋2-5-10
（株）集英社　コバルト編集部「ノベル大賞」係

※応募に関する詳しい要項およびWebからの応募は
公式サイト（orangebunko.shueisha.co.jp）をご覧ください。